el lado oscuro
OCEANO

INALCANZABLE

el lado oscuro
OCEANO

Carrie Arcos

INALCANZABLE

Esta es una obra de ficción. Los nombres, personajes, lugares e incidentes son producto de la imaginación del autor, o se usan de manera ficticia. Cualquier semejanza con personas (vivas o muertas), acontecimientos o lugares reales es mera coincidencia.

INALCANZABLE

Título original: *Out of Reach*

© 2012, Carrie Arcos, edición original en inglés

Publicado según acuerdo con Simon Pulse, un sello de Simon & Schuster Children's Publishing Division

Traducción: Martha Macías Degollado

Diseño de portada: Diego Álvarez y Roxana Deneb
Fotografía de portada: © plainpicture / R. Wolf

D.R. © por la edición en español
Editorial Océano, S.L.
Milanesat 21-23, Edificio Océano
08017 Barcelona, España
www.oceano.com

D.R. © por la edición en español
Editorial Océano de México, S.A. de C.V.
Blvd. Manuel Ávila Camacho 76, piso 10
11000 México, D.F., México
www.oceano.mx
www.oceanotravesia.mx

Primera edición: 2015

ISBN: 978-607-735-739-1
Depósito legal: B-18558-2015

Reservados todos los derechos. Ninguna parte de esta publicación puede ser reproducida, almacenada o transmitida por ningún medio sin permiso del editor. Cualquier forma de reproducción, distribución, comunicación pública o transformación de esta obra sólo puede ser realizada con la autorización de sus titulares, salvo excepción prevista por la ley. Diríjase a CEDRO (Centro Español de Derechos Reprográficos, www.cedro.org) si necesita fotocopiar o escanear algún fragmento de esta obra.

HECHO EN MÉXICO / *MADE IN MEXICO*
IMPRESO EN ESPAÑA / *PRINTED IN SPAIN*
9004121010815

Para Nathan

Uno

La primera vez que mamá me dijo que los mentirosos no iban al cielo fue cuando intentó hacerme confesar que había golpeado a mi hermano de ocho años. Entonces yo tenía siete. Ella se hincó frente al sofá de piel marrón donde mi hermano y yo estábamos sentados, uno en cada extremo. Micah se sobaba el brazo izquierdo, donde todavía se miraba la huella del hecho: una marca roja brillante un poco arriba de su codo. Lloriqueaba de más para impresionar a mamá mientras yo, de necia, ni chistaba. Después de un rato mamá se levantó y dijo con voz muy queda: "Pues ya sabes que los mentirosos no se van al cielo".

Mi mamá usó esta frase durante toda mi niñez. Quizá pensaba que desalentaría mis malas conductas. Ella no sabía que aquello de la Puerta del cielo que guardaba San Pedro, los angelitos y la música de arpas por los siglos de los siglos me tenía sin cuidado. Digo, ¿quién se pone a oír música de arpa hoy día? Y luego está aquello de los cánticos. De seguro los ángeles tienen voces hermosas y todo eso, pero ¿tendría yo que hacerlo? ¿Por cuánto tiempo? ¿Qué pasa con los que son desafinados? ¿Al morir se les concedía un oído perfecto?

¿Qué clase de comida se sirve en el cielo? ¿Qué tal si ni siquiera se come? Me daba pánico pensar que llegaría a esa idea del cielo, porque a los cinco minutos me sentiría espantosamente aburrida.

Además, a mí las mentiras me salían bien naturales. "¿Quién se comió la última galleta". Bastaba con señalar a mi hermano con el dedo. "¿Dónde quedó el dinero?". Me encogía de hombros. "¿Habrá supervisión adulta?". Asentía como si nada, aunque supiera que sus padres se irían todo el fin de semana.

Aprendí a mentir observando a Micah. Él mantenía firmes sus ojos ambarinos y le sostenía directamente la mirada a mamá. No sonreía ni decía demasiado para no delatarse solo. Se quedaba calmado, en silencio. El truco, me dijo, es creerte tus propias mentiras.

Me tomó bajo su tutela y comenzamos a cubrirnos el uno al otro. Yo no le decía a mamá o papá dónde estaba él ni lo que hacía, y él no les decía a ellos con quién yo salía en secreto ni si llegaba tarde. Teníamos un pacto no hablado. Les mentíamos a nuestros padres con facilidad. Les mentíamos a nuestros maestros. Hasta nos mentíamos a nosotros.

La verdad, todo el mundo miente. Todos. Hasta mamá. Cuando Micah no llegó a casa una noche, ella me miró a la mañana siguiente y me dijo que él se había ido a pasar el verano de visita con mi tío a la bahía. Dijo que le haría bien el cambio de aires y luego se tocó la sien con la mano izquierda. Ese movimiento sutil siempre la delataba. Yo conocía sus señales porque la había estudiado toda la vida, como si nos la pasáramos jugando grandes apuestas a las cartas, aun cuando todo lo que yo podía ganar era media hora más sin ir a la cama.

Pensé que Micah se había escapado por ahí y que dormiría en casa de algún amigo suyo, como había hecho la última vez. No dejé que mis pensamientos me llevaran a imaginarme algo malo, pero cuando entré a su cuarto y vi que el soporte de su guitarra seguía a un lado de su cama sin hacer, lo supe. Su estuche no estaba, tampoco su Les Paul. Me detuve en el centro de su cuarto muy consciente del silencio que me rodeaba. Comprendí que el cielo tenía que ser un gran espacio vacío.

A veces no podía dormir. Escuchaba sonidos a través de la pared que separaba el cuarto de Micah y el mío. Pies ligeros sobre el suelo. Pasos. El rechinido de su cama vieja. Más pasos. Otro crujir de los resortes del colchón sobre el metal. Las cuerdas calladas de su guitarra. Las conversaciones en susurros con quién sabe quién. Su puerta que se abría en horas en que tenía que haber permanecido cerrada. A la larga comencé a dormir con un ventilador pequeño junto a mi cama que ocultaba todos los sonidos del otro lado del muro. La mayoría de las veces me ayudaba.

La primera vez que mis papás me preguntaron sobre Micah y las drogas fue hace poco más de un año. Querían saber cuándo había comenzado. Mentí. Les dije que no tenía idea. Les confesé que sabía que él había experimentado con sustancias de vez en cuando, pero aseguré ignorar que fuera algo serio y rutinario. Hice como que me había causado el mismo impacto que a ellos.

No les dije que la primera vez que Micah tomó cristal fue en una fiesta en la que tocó con su banda hace poco más de dos años. Estaba afinando su guitarra cuando alguien le dio una pastilla blanca y pequeña diciéndole que lo calmaría. Todo un clásico. Él se la tomó y permaneció con los ojos abiertos durante dos días. Yo me enteré porque escuchaba sus movimientos ansiosos del otro lado del muro. Un par de días después, cuando por fin pudo dormir lo suficiente para recuperarse, Micah entró a mi recámara y como no queriendo comenzó a pasar sus dedos sobre los libros de mi repisa. Siempre hacía lo mismo cuando estaba de humor para decirme algo.

—¿Hablarás ya? —dije. Él sabía que yo sabía, por supuesto. Ni siquiera intentó insultarme disfrazándolo con una mentira.

—¿Y bien? —le dije.

—Fue sólo una vez —contestó.

—Ya sé.

Levantó de la repisa mi ejemplar de *El extranjero*, un libro deprimente que había leído hacía un año y que había disfrutado solamente porque podía tacharlo de mi lista de los que me llevaría a la universidad.

—Estuvo bien raro —dijo Micah mientras jugueteaba con las páginas del libro, trabándose en busca de palabras—. Me sentí... bueno... nunca me había sentido así. Fue fantástico. Como tener dentro una deliciosa carga de energía. ¿Sabes?, no sabía que uno podía sentirse así… como capaz de cualquier cosa. ¿Entiendes?

—No, no lo entiendo —no quería desestimar lo que me decía, pero tampoco quería alentarlo. Se me quedó viendo como si yo fuera una de esas hermanitas tontas que no sabe nada. Regresó el libro a la repisa y salió de mi habitación.

Me levanté y acomodé el libro en su lugar. De haber sabido que aquella primera probada había sido suficiente para alterarle la cabeza, que la semilla de la adicción había echado ya raíces en su mente, quizás hubiera hecho algo al respecto. Tal vez. Pero no.

Micah afirmaba que su consumo era parte de su experiencia artística. Decía que le ayudaba a conectarse con el universo. Que consumía para crear, para asombrar al público en sus presentaciones. Decía que era su "pócima mágica", como si los cristales lo convirtieran en alguna entidad distinta, alguien con superpoderes. Pero eso fue sólo al principio. Acabó metiéndose cosas para poder funcionar. Nadie notó el cambio, quizá nadie quiso verlo. Sus notas nunca fueron excelentes y seguía siendo el mismo chico lindo en clase, pero de la noche a la mañana mi hermano mayor se convirtió en la viva imagen de un cascarón vacío.

Tal vez si desde un principio les hubiera mandado a mis padres una carta anónima advirtiéndoles de todo habríamos podido evitarlo. Podríamos haberle organizado una "intervención" como la que vi en la tele, donde la familia de un chico y sus dos amigos se sentaron en la sala para hacerle una emboscada tan pronto como entró en casa.

En el programa el tipo se había excusado, una y otra vez negó todo diciendo "¡Diablos, no pasa nada!", junto con algunas otras maldiciones que tuve que leer en sus labios porque los de la tele las habían censurado. Después de media hora, el chico ya estaba llorando y abrazando a su mamá. El mediador sonreía complacido. Yo pude haber sido el héroe de la familia. Pero no. Mentí y me dije a mí misma que era sólo una cosa pasajera. Micah lo dejaría cuando quisiera. Ahora cargo con esto.

* * *

Mis papás habían apoyado a Micah con lo de su banda. Hasta fueron a algunas de sus presentaciones. Papá le compró su primera guitarra. Toleraron su cabello teñido y el tatuaje que se hizo justo antes de entrar al último año de bachillerato. No fue sino hasta que llamaron de la escuela para preguntar por qué estaba faltando a clases cuando sentaron a Micah en la cocina para tener una charla en serio. Para entonces ya atestiguaban los efectos de su consumo habitual de drogas, pero no tenían idea de lo profundo que era. Lo obligaron a asistir a una charla sobre abuso de sustancias y regresó diciendo que había visto la luz, que ya no se metería más cosas. Pero yo lo escuché diciéndole a alguien por teléfono que todos los de la reunión eran unos viejos perdedores, y que aquello no tenía nada que ver con él.

Cuando mamá encontró cristales en el fondo de su cajonera, ella y papá pusieron en marcha una estrategia distinta. Le dieron un ultimátum. Tenía que ir a rehabilitación, a un programa de seis semanas diseñado especialmente para adolescentes entre los doce y dieciocho años. Dijeron que lo hacían porque lo querían, que por ello tenían que mostrar mano dura. Así lo habían leído en un libro y visto en un programa de televisión. Micah tenía por entonces diecisiete años, así que no tuvo opción. Cumplió el trato a la fuerza.

Parte del programa consistía en que mis papás tenían que asistir a sesiones de grupo cada semana. Pensaron que sería mejor si yo no iba, porque les preocupaba que Micah fuera a sentirse incómodo con eso. Ajá, de seguro él se sentía muy cómodo compartiendo sus sentimientos más profundos y privados con extraños. Allá ellos. Yo me quedaba en casa o me iba con Michelle.

Además, yo tenía mis propios problemas, bueno mi propio problema. Se llamaba Keith. Por entonces casi terminamos y yo la verdad no quería hablar del asunto con mis papás. Mamá adoraba a Keith. Era parte de su naturaleza: tenía un encanto con las mujeres, sin importar la edad. Comenzaba con una sonrisa contagiosa que se le iba a los ojos mientras te miraba. Mamá siempre sucumbía gustosa. La sonrisa de Keith funcionaba hasta con los maestros, hombres o mujeres. Por eso nunca tenía que preocuparse por sus calificaciones para permanecer en los equipos de béisbol y basquetbol de la escuela.

¿Pero haberse metido con Marcie Armstrong? Pudo haberme pegado algo el muy cabrón. Keith me dijo que fue cosa de una sola vez, en una fiesta en la que se le escapó la situación de las manos. Marcie se le había lanzado y él dijo que estaba demasiado ebrio como para recordar lo que había pasado. Hasta se le humedecieron los ojos cuando me lo dijo. Fueron esas lágrimas las que me conmovieron. Lo abracé y le dije que lo arreglaríamos, pero podía sentir cómo una parte de mí agonizaba por dentro.

Cuando les preguntaba a mis papás cómo les había ido en alguna sesión, siempre respondían igual: "Tu hermano se va a poner bien". Luego papá encendía la tele y se sentaba a verla y mamá subía a recostarse. Yo acostumbraba permanecer invisible hasta el día siguiente, cuando las prisas de la mañana regresaban todo a su sitio: unos al trabajo, otros a la escuela.

Me sorprendí cuando me pidieron que fuera a una de las sesiones. La verdad no quería ir pero dijeron que sería bueno para toda la familia.

Las cosas sucedieron más o menos así…

Entramos a una oficina grande y blanca; en las paredes colgaban fotos de paisajes acompañadas por frases motivacionales como "La vida es un viaje, no un destino", "Surgirá la oportunidad cuando abraces la promesa del cambio". En el centro del salón, unas sillas de metal formaban un círculo. Habíamos llegado tarde. Yo no conocía a nadie más que a Micah, pero todos nos saludaron con la mirada cuando entramos. El consejero o psicólogo o lo que fuera nos invitó a sentarnos. Sus rastas se agitaron cuando volteó para indicarnos nuestros asientos. Me senté debajo de una foto con un atardecer. Abajo decía: "Hoy es el primer día del resto de tu vida. ¡Aprovéchalo al máximo!".

La sesión inició con una especie de oración dirigida por el consejero. "Dios, concédeme la serenidad para aceptar lo que no puedo cambiar, el valor para cambiar aquello que sí puedo y la sabiduría para distinguir la diferencia."

Qué loco. No sabía que habían mandado a Micah a una cosa religiosa. Mi familia no iba a la iglesia como la familia de Michelle. Mamá creció en un hogar católico, así que nos vestíamos con nuestras mejores ropas para asistir a misa el domingo de Pascua de Resurrección para escuchar siempre el mismo sermón que poco cambiaba de un año a otro; algo sobre la muerte y Jesús.

A mamá le gustaban los cantos, a papá cuando el padre decía algo divertido y a Micah la parte de la tortura y muerte de Jesús, que a mí era la que más me incomodaba. Me parecía muy extraño que la gente pudiera creer en un Dios que se cruzaba de brazos ante el martirio de su propio hijo, aunque supongo que esto es poca cosa en comparación con las historias de los dioses griegos. A Jesús cuando menos no le picaba un buitre las entrañas por toda la eternidad.

Para mí la Iglesia no tenía sentido. Encima estaba todo ese tema sobre la existencia del mal y el sufrimiento en el mundo, los abusadores de niños y los granos que te salen en la mera punta de la nariz. Michelle alguna vez trató de explicármelo, aun así, no le veía el caso.

De vez en cuando a mi mamá le salían destellos religiosos en los lugares comunes que se había aprendido de niña; como ése de que los mentirosos no van al cielo, o en frases como "Por todos los santos", o "Ave María Purísima". A veces la pescaba haciendo la señal de la cruz, como si sus manos respondieran a un recuerdo muscular más que a otra cosa.

Cuando aún era muy pequeña le di un nombre a Dios. Lo llamé Frank. No sé por qué. Se me hizo que le quedaba el nombre. Hasta Micah comenzó a decirle así. A mamá le ponía de nervios que eso pudiera representar algún sacrilegio, así que dejamos de hacerlo. Dejé de hablar con Frank por años. Pero un par de noches después de que se fuera Micah, traté de hablar con él. Le pedí que encontrara a mi hermano, que nos echara la mano. Traté de retractarme de lo que había deseado en secreto: que Micah desapareciera.

Esperé en la oscuridad de mi recámara una respuesta, pero Frank guardó silencio. Esto no me sorprendió tanto porque sabía que Frank era más de los que escuchaba. Un poco evasivo, hasta misterioso como el calcetín que se pierde en el trayecto que conecta a la lavadora con la secadora. Un momento pensé que ahí estaba y al siguiente me vi gateando por la recámara buscando ese calcetín perdido e intangible. En mi opinión, Dios no tenía nada que ver con lo que le había estado pasando a Micah, pero se me figuró que no estaba de más pedirle ayuda.

Paz. Serenidad. Recuerdo la frase de una lista del examen de aptitudes para ingresar a la universidad. ¿Cómo podía haber paz en aceptar lo que no podía cambiarse? Escuché a mis papás y a Micah tropezar con las palabras. Micah se sentaba un poco encorvado con las piernas estiradas sobre el piso, cruzadas por los tobillos.

Después de la oración inicial, les pidieron a los que estaban en el programa de rehabilitación que compartieran con sus familiares lo aprendido, lo que habían estado sintiendo.

Primero habló una muchacha llamada Mandy. Su cabello largo y negro tapaba parte de su rostro, pero revelaba un ojo negro que revoloteaba como un ave mientras ella hablaba. Parecía como de mi edad, dieciséis, aunque se veía mayor porque estaba mucho más delgada. Flaca anoréxica. Se le había hundido el rostro, los pómulos se le saltaban como aparentando los de las modelos. La boca se le estiraba sobre unos dientes blancos que le colgaban de las encías. De vez en cuando jalaba sus labios hacia atrás y producía un sonido como si succionara la saliva antes de tragarla.

Mandy les confesó al grupo y a sus papás que solía acostarse con tipos para conseguir heroína. No sabía con cuántos, sólo que habían sido muchos hombres y una que otra mujer. Ya le había dado una enfermedad de transmisión sexual y trataba de reunir el valor para hacerse un análisis de VIH.

La muchacha a su lado la abrazaba. Parecía su gemela porque estaba igual de flaca. Mientras, la mamá de Mandy le dedicaba una sonrisa de aliento revelando sus propios dientes enormes.

—Gracias, Mandy. Fuiste muy valiente —intervino el consejero con bondad un poco exagerada. Movió sus pies enfundados en mocasines bajo la silla. Yo no podía conciliar la combinación de rastas con mocasines.

Todos los reos, o residentes —no sabía bien cómo llamarles—, compartieron por turnos algo con los miembros de sus familias en el círculo. Cada historia sonaba similar, con algunas variaciones en los detalles, como si estuvieran jugando a formar palabras con dados de letras. Después de cada intervención se hacían preguntas o comentarios. El consejero siempre agradecía al que hablaba. Había cierta incomodidad cuando se liberaba tanto dolor emocional, pero se sentía también cierta catarsis. Significaba un dejar de ocultarse, no más secretos, no más mentiras. Yo rebotaba mi pie derecho en el travesaño de la silla. No quería estar allí.

—Micah, has estado algo callado hoy —dijo el consejero mirando repentinamente a mi hermano.

Micah encogió los hombros y se encorvó un poco más sobre su silla.

—Veo que hoy vino toda tu familia.

—Sí —no alzó los ojos para mirarnos.

—¿Algo que quieras decir?

Parecía que Micah quisiera golpear al tipo en el rostro y se estuviera conteniendo. Titubeó un poco antes de pronunciar palabra.

—He estado tomando de mi fondo para la universidad, ya saben, para pagar algunas cosas.

—¿Pagar?, ¿qué clase de cosas, Micah? —preguntó el consejero.

Micah sujetó algo de aire, claramente molesto.

—Cristal.

Papá se entiesó sobre su asiento, era claro que desconocía el hecho.

—¿Cuánto tomaste? —preguntó.

Micah se quedó mirando el suelo y yo seguí su mirada. Imaginé cómo se sentiría de fresco el mosaico blanco contra mi rostro si tan sólo pudiera recostarme sobre él y cerrar los ojos. Si tan sólo pudiera hacerlo y escapar de las pulsaciones en mi cabeza.

—Todo —las siguientes palabras salieron todas juntas como una cascada—. ¡Lo siento, lo pagaré! Todo lo que necesito son un par de presentaciones cuando salga de aquí. Los muchachos dicen que hay gente muy interesada en nosotros.

—Micah, estuvimos ahorrando ese dinero por años —las palabras salieron como un siseo de la boca de mi padre.

—Dije que se los pagaría —susurró Micah. Mamá colocó una mano sobre la pierna de papá.

—Está bien —dijo papá—, lo repondrás.

—Quizá pueda obtener una beca —concedió mamá.

—Quizá no vaya —dijo Micah, con la misma voz queda—. No es que mis calificaciones sean buenas. No soy un cerebrito como Rachel.

Cuando escuché mi nombre, levanté la cabeza, perturbada de que se hubiera frustrado mi intento por pasar desapercibida.

—Eres igual de inteligente que Rachel, mi amor —dijo mamá—, sólo te desviaste un poco del camino.

Mamá hablaba de su adicción como si fuera un simple tope en una calle suburbana.

—Cuando todo esto quede atrás… Ya lo verás. El próximo año estarás en la universidad. Todo estará mucho mejor.

—No me estás escuchando —Micah se enderezó en su silla. Juntó sus manos frente a sí y habló muy lentamente—. No voy a ir a la universidad. No pueden obligarme. Después de graduarme me iré a Los Ángeles con los muchachos.

Papá no pudo contener su enojo un minuto más.

—¿Los muchachos? ¿A qué te vas a dedicar? ¿A tocar en las calles? ¿Cómo vas a vivir? Tienes un problema serio que ni siquiera estás considerando.

El consejero trató de intervenir.

—Mire, señor Stevens, creo que es importante que dejemos a Micah expresar su...

—Estoy fastidiado de toda esta basura de autoayuda; Micah: sé que no eres tú el que habla, sino las drogas. Lo entiendo, de verdad. No eres tú el que habla. Cuando salgas de aquí hablaremos de esto.

—¡No me están escuchando! —gritó Micah.

Entonces todo quedó en silencio.

—Anda, Micah, dinos lo que estás sintiendo —el consejero habló con voz queda, pero miró a papá con ojos amenazantes.

Micah empezó lentamente.

—Se trata de mí. Yo no soy tú, ni mamá. Sé que tengo problemas, pero los tengo bajo control. Estoy bien —fue entonces cuando recurrió a la mentira más grande de todo su arsenal—. Yo no soy perfecto. No soy como Rachel.

Seguramente la impresión se pintó en mi rostro desencajado porque el consejero dirigió la atención hacia mí.

—Rachel, ¿hay algo que quisieras decirle a Micah? Está bien, adelante. Éste es un espacio seguro.

Los espacios seguros solamente existen donde la gente no, pensé. Moví la cabeza negativamente.

—¿Segura? —insistió el consejero. Esta vez sus rastas se me figuraron pequeñas serpientes enroscándose y desenroscándose. Micah se volvió hacia mí. No había cambiado. Sus ojos cafés mantenían la misma expresión carente de vida que habían tomado desde que él había preferido el cristal sobre cualquier otra cosa en el mundo. Mi boca se dobló en una sonrisa:

—Será bueno tenerte en casa —mentí.

Lo curioso de una mentira es que una vez que se expresa y otro la cree, vive y se hace realidad. Echa raíz. Te chupa todo el aire hasta que te rindes. Toma el control y te olvidas de cómo respirar por ti mismo. Es como una de esas relaciones simbióticas que usan algunos parásitos, aunque no como la del tiburón y la rémora, que cortésmente limpia la piel de su huésped para viajar de manera ocasional prendido de su panza. No. Es más como la de una solitaria que te devora de adentro hacia afuera.

A mi maestro de biología se le formó una solitaria cuando estuvo durante un verano en alguna parte de Sudamérica. Regresó a casa y comenzó a sentirse enfermo y sin poder subir de peso. Resulta que tenía una solitaria de más de seis metros creciendo en su intestino. Él sabía que no se lo íbamos a creer así que llevó a clase una parte de la solitaria que le extrajeron en un frasco de conserva. Parecía el pedazo de linguini más largo que yo hubiera visto jamás. ¡Qué asco! Hasta le había preguntado al doctor si podía quedarse con ella cuando se la extirparon.

Al igual que la solitaria, a veces hay que extirpar las mentiras de raíz. El problema es que la mayoría de nosotros seguimos cargando con ellas en un frasco como si fueran un obsequio de algún paraje exótico y lejano.

Dos

Tyler ya me esperaba cuando llegué al estacionamiento del 7-Eleven. Estaba recargado contra su camioneta fumando. El reloj en el tablero de mi coche marcaba las 8:55. *Temprano para un adicto*, pensé. Lo tomé como una buena señal. Acomodé el auto junto al suyo sin apagar el motor y bajé la ventanilla.

—¡Hola!

—¡Hola! —le dio otro jalón al cigarro, luego lo tiró sobre la acera y lo aplastó con el pie derecho. Salió el humo de sus labios entreabiertos como la lengua de una rana en cámara lenta. Se apartó de los ojos su cabello lacio y negro, y miró al otro lado del estacionamiento.

—¿Segura de que estás lista para esto?

Seguí su mirada a otro vehículo que acababa de llegar. Reconocí al conductor que salió del auto, vestido con el uniforme de la tienda. Se había graduado en junio con el grupo de Micah.

—Sí.

Tyler abrió la portezuela del lado del conductor de su camioneta y sacó una mochila negra. Cerró la portezuela, le puso seguro y lentamente caminó frente a mi auto. Llevaba su atuendo de siempre: jeans Hollister que le caían un poco de la cintura, playera negra y un llavero colgado de una de las trabillas. Tenía un año menos que Micah, mi edad, pero era mucho más alto que él: probablemente más de uno ochenta. Tyler tenía esa complexión alargada y delgada, perfecta para el futbol o tocar el bajo. Yo sabía que él hacía ambas cosas bastante bien. También era presuntuoso.

Caminaba como si esperara que yo lo observara. Abrió la puerta de mi Civic y se deslizó al interior con su familiar olor a tabaco.

—Sólo tengo una regla: nada de fumar en el auto —lo miré a los ojos esperando que entendiera que hablaba en serio.

—Está bien. Aquí te va una más: nada de lloriqueos por fumar en el auto —su expresión correspondía a la mía.

Fui la primera en bajar la mirada.

—Qué bueno que nos entendemos —saqué el auto del estacionamiento.

—¿Puedo? —dijo señalando el estéreo.

—Sí, como quieras —mantuve la vista al frente mientras la voz de Morrissey llenó el vacío entre ambos. Un dulce ambiente de melancolía invadió el auto.

—Nada mal —dijo.

—No eres el único que sabe de música.

Tyler tocaba en la banda de Micah, lo que significaba que, como Micah, se creía una especie de experto. Yo no estaba como para comentar el punto, pero tampoco quería portarme mal.

—Gracias por ayudarme a buscarlo.

Tyler reclinó el asiento y se puso sus gafas oscuras.

—No te estoy prometiendo nada.

—Lo sé.

De lo poco que conocía a Tyler, me pareció que decía la verdad y eso era justo lo que necesitaba. Basta de cuentos. Basta de mentiras.

—Sólo quiero que sepas que no tenías que hacerlo.

—Sí, bueno —él se acomodó en el asiento—, es que me debe un dinero.

No lo sabía, pero tampoco era una sorpresa. *También a mí me debe*, pensé *y mucho más que sólo dinero*. Ingresé a la rampa para entrar a la autopista número 15 rumbo al sur, hacia San Diego.

—¡Cuidado! —gritó Tyler.

Esquivé justo a tiempo el golpe del Lexus negro que venía por la izquierda.

—¿Necesitas ayuda con eso? —preguntó él, incorporándose. Por el rabillo del ojo vi que estaba mirando hacia mí.

—Estoy bien, de verdad. ¿Por qué no te echas una siesta? —el tránsito nos iba a demorar bastante—. Nos va a tomar cuando menos una hora.

—Un poco más —dijo Tyler recargando su cabeza en el respaldo y doblando los brazos bronceados sobre su pecho.

Pude ver la mitad inferior de un águila azteca dibujada en su brazo. La manga de su playera negra cubría el resto, pero yo sabía que ahí estaba. Se hizo el tatuaje cuando andaba en su etapa de defensa de *La Raza*. Había pasado el último verano en México con sus familiares y regresó hablando algo de español, de la opresión y la corrupción en la política estadunidense. Montó una salida dramática de su clase de historia, justo antes del Día de Acción de Gracias, objetando el término "indio" y "nativo americano". Argumentaba que los miembros de esos pueblos tenían el derecho de ser referidos por sus nombres tribales. Hasta había hecho que toda la escuela repitiera como mantra el nombre de la tribu (como se haya llamado) que había ayudado a los primeros colonos a establecerse en América.

A mí me medio gustaba ese aspecto de Tyler, pero no le duró mucho. Supongo que mantener la causa era agobiante cuando estás en la escuela y eres el bajista de una banda. Además, ya que llega la Navidad todo suena a Santa, renos y villancicos. Nadie quería saber cómo California en realidad debería pertenecerle a México. A nadie le importaba.

Yo no podía creer que ya estábamos en agosto, y que apenas quedaban unas semanas antes de que yo iniciara mi último año. El hecho de que Micah seguía sin aparecer era un tema que todos trataban con pinzas, como los niños que temerosos apenas tocan todo lo nuevo con el dedo índice. Nadie me preguntaba a mí por él, pero me sonreían con tristeza, esas sonrisas como las que se ofrecen en un velorio cuando pasa uno frente a la familia a dar el pésame; la clase de sonrisa que usas cuando no sabes qué decir.

No importaba. Yo había decidido pasar a otra cosa. Habían transcurrido un par de meses y las solicitudes para las universidades reclamaban mi atención. No tuve tiempo para sumirme en el hecho de que Micah se había ido... que nos había dejado sin habernos dicho una palabra. En mi opinión yo ya le había regalado bastante tiempo. Un día, sin embargo, recibí este correo en mi compu.

Rachel:

Tú no me conoces, pero yo a ti sí. Tenemos algo en común: tu hermano, Micah. Él no está muy bien. Vive en las calles tocando la guitarra para sobrevivir, entre otras actividades. Trae broncas serias, de las que no puedes zafarte tan fácilmente. Ya sabes de qué hablo, de cosas muy cabronas de las que sales jodido o...

Él se molestaría si supiera que te escribí, pero eres de quien más habla. Y eso cuenta, ¿no?

Bueno, el caso es que anda en Ocean Beach.

Leí el correo un par de veces. Lo imprimí, lo retaqué en un cajón en la mesita junto a mi cama donde guardo listas y otras cosas. Pasó una semana antes de que lo volviera a leer. Esta vez lo estudié como un texto en mi clase de inglés. Busqué patrones, desmenucé las palabras. ¿Qué significaba "no está muy bien"? *Bien* era un término tan relativo. ¿En qué clase de problemas se había metido? Imaginaba que el "o..." quería decir algo más que un simple sufrir. Eso quería decir que quien hubiera mandado el correo pensaba que Micah estaba en serias dificultades.

Pero, ¿quién había mandado el correo? Estaba bastante segura de que no era de alguien de la escuela, a menos que se tratara de una broma cruel. Tenía que ser de alguien que lo conocía, alguien en quien él confiaba. Traté de rastrear el mensaje, pero venía de una cuenta genérica de Hotmail... Como si la gente siguiera usando Hotmail.

El final de la carta me atormentaba: *pero eres de quien* más habla. *Y eso cuenta, ¿no?* Supe que tenía que ser mentira. Micah apenas me dirigía la palabra, mucho menos me había tomado en cuenta en las semanas previas a que se marchara. Pero lo que había detrás de aquel correo me perturbaba. Mi hermano le preocupaba a alguien y ese alguien conocía mi debilidad: la culpa. Justamente el arma contra la que no podía defenderme.

No pude dormir aquella noche, así que a la mañana siguiente llamé a Tyler (el único amigo de Micah que yo toleraba), y le leí el mensaje por teléfono.

Él se quedó callado un momento y luego me pidió que lo leyera de nuevo. Cuando terminé, le dije:

—Entonces, ¿cómo lo ves?

—Enigmático.

—Voy a ir a buscarlo —le dije.

—¿Cuándo?

—Mañana.

Lo escuché sujetar aire y soltarlo de golpe.

—Voy contigo.

El plan era sencillo: salir temprano por la mañana, conducir hasta Ocean Beach en San Diego, buscar a Micah y estar de regreso en casa para las ocho, la hora en que me esperaban mis papás. Según yo, lo peor que podía suceder es que encontráramos a Micah miserable, sentado en alguna acera tocando la guitarra y pidiendo dinero. Cuando nos viera, comenzaría a discutir al principio, pero acabaría por disculparse y darnos las gracias por encontrarlo. Después le preocuparía rumbo a casa lo que diría a mamá y a papá, pero lo confortaríamos diciéndole que lo apoyábamos. Bloqueé cualquier otra versión posible.

El auto inició el largo ascenso para salir del valle donde vivíamos. Al llegar a la cima para bajar la pendiente, vi cómo se abría a la distancia una ancha carretera de cuatro carriles. Faltaba mucho camino por recorrer.

Por el sonido de su respiración supe que Tyler ya estaba dormido. Le eché una mirada. Sus rodillas llegaban hasta el tablero y se había encorvado en el asiento. Sus labios formaron una sonrisa chueca cuando murmuró algo que no pude captar. Hablaba en sueños. *Bien*, pensé. *Tal vez diga algo comprometedor.*

Mis dedos tamborileaban el volante al ritmo de la música. A ambos lados pasábamos colinas marrones cubiertas de rocas de todas las formas y tamaños.

Cuando Micah y yo éramos pequeños, al pasar por esas colinas mamá nos hacía imaginarnos que estábamos en el Viejo Oeste. Apuntaba hacia algún rumbo y nos decía "¡Cuidado! Ahí está uno". Nosotros nos encogíamos como si pudiéramos ver un sombrero negro de vaquero, y nos imaginábamos al malo ocultándose tras la roca con su rifle. Micah y yo nos turnábamos para apuntar y dispararle. Uno recargaba mientras el otro disparaba hasta que mamá nos advertía de otro vaquero ficticio y nos poníamos a apuntarle a ese otro. Siempre sobrevivíamos el paso por las colinas. A veces Micah y yo fingíamos alguna herida superficial, pero nunca tuvimos bajas. Al alejarnos de la "tierra de las colinas" como le llamaba mamá, ella nos hablaba del malo que se nos había escapado y que nos estaría esperando a la próxima.

Así es como pasábamos el tiempo en los viajes familiares por carretera. A veces éramos pioneros que viajábamos al oeste; otras, explorábamos otro planeta. A mamá le encantaba jugar al "hagamos de cuenta". Los juegos duraron un par de años más de lo debido, queríamos darle por su lado porque todavía medio queríamos ser niños y divertirnos.

Para cuando Micah ingresó al bachillerato, sin embargo, él dejó muy claro que jugar con mamá a las imaginaciones sencillamente no era *cool*. Como yo medía la mayoría de las cosas según su opinión, también dejé de jugar. Mamá terminó por sucumbir a nuestros gestos de hartazgo y nuestro silencio. Los viajes por carretera se convirtieron en una competencia de *playlists*, mientras Micah y yo viajábamos en el asiento trasero con nuestros audífonos mirando por las ventanas laterales lo que sólo eran rocas sobre una colina marrón.

Micah se volvió muy popular en su segundo año cuando Missy Eyers le pidió que tocara en su fiesta con la banda. Como ella ya estaba en último y además era porrista, el estatus social de Micah se elevó al instante. Para ser justos, había estado en ascenso por méritos propios, pero la tocada con Missy lo catapultó a la cumbre. Todo lo que escuché (porque no me dejaron ir ya que apenas iba en primer año), fue lo increíble que tocaron, lo lindo que era Micah y cómo él y Missy se habían besuqueado y a lo mejor hasta lo habían hecho. Micah confirmó lo primero pero nunca aceptó ni negó lo último.

Se volvieron la banda oficial de las fiestas. También empezaron a tocar en establecimientos cercanos, algunos sitios hasta para jóvenes mayores de veintiuno. Él y los muchachos tenían que llevar una muñequera indicando que no se les servirían tragos. Todo mundo decía que ellos la iban a armar en grande. Quizá sería más preciso decir que todo mundo pensaba que Micah la haría en grande. Él era la fórmula secreta de la banda. Sólo tenías que ver a Micah con su guitarra frente al micrófono para saber que tenía futuro.

Y sí, lo tuvo. Pero no fue el que todos pensábamos. Micah no era el clásico *loser* adolescente que había caído en la trampa de las drogas. Él tenía algo que a todos agradaba. Tenía genuino talento. Luego todos empezamos a ver que tiraba todo aquello por la borda... Eso fue lo más duro.

En la escuela escuchaba a grupitos de chicos, amigos o admiradores suspirar preguntándose ¿por qué? Los maestros movían la cabeza decepcionados. Me hablaban en privado para decirme que estaban ahí "para ayudarme" si lo necesitaba. A mí se me hacía todo eso muy extraño, ¿qué no estaban ellos para eso?, ¿qué no era ése su trabajo?

¿Por qué Micah estaba desperdiciando así su vida? ¿Por qué nos había abandonado a todos? Yo no tenía las respuestas. ¿Por qué tendría que ver conmigo?

Me hallaba sumida en mis pensamientos cuando el auto frente a mí se detuvo de repente y tuve que meter el freno a fondo. Me preparé para un golpe por detrás que por fortuna nunca llegó. Tyler se movió un poco. Rodó su cuerpo hacia la ventanilla del lado del pasajero y murmuró, "Dime algo que no sepa". Le vi el resorte del bóxer azul a cuadros asomándose por encima de sus jeans.

Me concentré en la autopista frente a mí y decidí que cuando encontráramos a Micah le preguntaría: "¿Por qué?". Pero sabía que cualquiera que fuera su respuesta, no se me quitarían las ganas de darle un puñetazo en el rostro.

Tres

—¿Y ahora qué? —le pregunté a Tyler.

Todas las calles de Ocean Beach se me hacían iguales: pequeñas y atiborradas de cabañitas pintadas en colores pastel. Para empeorar las cosas, el cielo nublado le daba a todo una sensación taciturna llena de presagio. Yo no sabía para dónde ir.

—Café —dijo él y se incorporó. Su voz sonaba gruesa y profunda, como si necesitara agua y no café. Se talló el rostro con las manos que luego se pasó por el cabello.

—¿Café?

—Sí. Hay una cafetería en la esquina de Newport. Comenzaremos allí.

Parecía poco probable encontrarnos a Micah sentado frente a la barra ordenando un café, pero no se me ocurría nada mejor. Tyler me guio hacia una de las calles laterales donde había bastantes lugares y uno podía estacionarse un par de horas. Detuve la marcha y miré el tablero. Teníamos hasta las 12:38.

Tyler hurgó en su mochila, se puso uno de esos gorros verdes tipo Mao y me dirigió una sonrisa casual. En la luz matutina, el color del gorro parecía hacer juego con sus ojos.

—Tienes ojos verdes —le dije. Nunca había notado antes lo verdes que eran, como verde aceituna.

—Pues sí, así me los vi la última vez —sonrió revelando unos hoyuelos en ambas mejillas antes de agacharse rápidamente a ocultar su mochila bajo el asiento. Abrió la portezuela y salió del auto.

Me llegó un mensaje de Michelle preguntándome si ya habíamos encontrado a Micah. Le respondí diciéndole que apenas habíamos llegado, luego apagué el teléfono y lo puse en la guantera. No quería el agobio de que me estuvieran texteando y llamando por teléfono todo el rato. Eso sí, llevaba mi mochila prácticamente vacía salvo por el filtro solar, una delgada sudadera negra, mi cartera y una libreta de anotaciones.

—Listo, Frank —le dije al auto vacío—, por favor, ayúdame a encontrarlo.

Después de todo, me vendría bien una mano.

La cafetería estaba en la calle principal que llevaba al mar. Al abrir la puerta recorrí el establecimiento con los ojos buscando a Micah, pero sólo vi a una que otra persona cerca de los enchufes de corriente trabajando en sus laptops, un hombre mayor leyendo el periódico y dos mujeres sentadas platicando frente a una mesa pequeña. Aunque sabía que él probablemente no estaría ahí recargado sorbiendo de un vaso con capuchino, no pude evitar la decepción. Sabía que si iba a sobrevivir todo esto tendría que ajustar mis expectativas a la realidad. Quizá tendría que hacerla a un lado por completo.

La alegre barista tomó el pedido de Tyler.

—¿Una sola orden?

—No —respondió Tyler haciéndose a un lado para que yo pudiera ordenar un *latte*.

Una mujer descalza que llevaba un vestido largo y floreado y la cabeza baja pasó frente a nosotros rumbo al sanitario.

—Disculpe —dijo la barista—, lo siento, pero no puede usarlo. Es sólo para clientes.

La mujer no se detuvo. Intentó abrir la puerta, pero estaba cerrada con llave.

—Señorita, lo siento, el gerente no nos dejará abrírselo si no consume.

La mujer murmuró unas palabras sin levantar la cabeza. Se quedó frente a la puerta del baño meciéndose de arriba abajo sobre las puntas de sus pies. Su cabello largo cubría la mayor parte de su rostro.

—¿Me puedes dar otro café chico? —preguntó Tyler.

—Claro —dijo la muchacha y le cobró.

—Es para ella —Tyler señaló a la mujer que seguía frente a la puerta del sanitario con el letrero sólo para clientes.

La barista le dedicó una mirada molesta a Tyler, pero abrió un cajón y le extendió la llave junto con el café. Él abrió la puerta a la mujer y le entregó el café.

—¿Quién hubiera dicho que Tyler tenía su lado amable? —le dije mientras salíamos del establecimiento con nuestras bebidas—. No te preocupes. No te delataré.

Él bajó la barbilla y le dio un sorbo a su bebida.

—Mmm, nada como una taza de café para que le salga a uno cabello en el pecho.

—No es realmente a lo que yo aspiro —me reí y comencé a caminar a su lado.

Nos fuimos hacia el sur por la calle principal para la playa. La calle estaba bordeada por palmeras altas y descuidadas con las tiendas de siempre: ropa de playa, surf, joyerías y algunos restaurantes.

—Hay que hablar con cualquiera que tenga pinta de conocerlo —dijo Tyler.

Estaba a punto de preguntarle qué tipo de "pinta" estábamos buscando cuando se detuvo unos pasos más adelante frente un tipo de veintitantos años, con cabello café maltratado, una ruinosa playera roja y jeans recortados. Estaba sentado en la acera junto a un cartón rotulado con las palabras necesito dinero en tinta negra. Tyler sacó de su bolsillo un dólar que colocó en la pequeña pila de monedas y billetes sucios y arrugados.

No pude apartar mis ojos de los lóbulos de sus orejas estirados alrededor de enormes expansores que casi le llegaban a los hombros. Me preguntaba qué tan enormes se verían las perforaciones si se los quitara. *Piercings*, como quiera, pero ¿expansiones? No, gracias.

Por los brazos flacos y blancos del tipo subían tatuajes que parecían enredaderas muertas. Mecía el cuerpo al ritmo de una música que supuse que salía por sus auriculares. Me costaba trabajo imaginar a Micah juntándose con este tipo.

Tyler se arrodilló frente a él y el tipo se retiró un auricular.

—Estamos buscando a alguien.

—¿Ah, sí? ¿A quién? —el tipo comenzó a brincar canciones con su pequeño iPod verde limón.

—Su hermano —Tyler me señaló con la cabeza.

El tipo me recorrió con la mirada de arriba abajo. Sus ojos dijeron cosas que yo no quería escuchar. Instintivamente me crucé de brazos.

—¿Cómo se llama?

Incluso a la distancia a la que me encontraba imaginé que le apestaba la boca.

—Micah. Micah Stevens —le dije su nombre completo. De pronto todo el peso de lo que estábamos haciendo me cayó sobre la espalda.

—No conozco a ningún Micah —el tipo se volvió a colocar el auricular.

—Enséñale la foto —me dijo Tyler.

Saqué la foto más reciente de Micah que pude encontrar. La que le habían tomado en la cena de su cumpleaños del año anterior. En la foto estábamos los dos apretados en un amplio gabinete de restaurante. Micah traía su camisa negra de botones, la mejor que tenía. Su cabello se veía como de recién levantado, pero así es como lo llevaba normalmente: sucio y revuelto. Un poco como el de Tyler, pero no tan lacio. Papá nos había dicho que sonriéramos pero mi hermano sólo sonreía con la boca. Sus ojos ambarinos parecían mirar otro mundo.

—No —dijo el tipo en una voz quizá demasiado fuerte— no lo conozco.

Y comenzó a mecerse de nuevo.

—Vale. Gracias, amigo —Tyler se levantó.

Quise pedirle al tipo que volviera a mirar la foto porque apenas si la había visto, pero Tyler se disponía a marcharse. Ya cansada, guardé la foto en el bolsillo trasero de mi pantalón. No estaba preparada para la insensibilidad, la apatía. Apenas nos habíamos alejado unos pasos cuando el tipo nos gritó:

—¿Qué les hace pensar que él quiere ser encontrado?

Cuatro

Crack, cristal, meta, tiza, blanca, piedra. Son algunos de los nombres con los que se le conoce a la metanfetamina de cristal, la cocaína del pobre. Este último nombre me asustaba. Todo mundo sabe que la coca te puede matar.

En Google encontré un sitio que explicaba algunos de los efectos más comunes de consumir metanfetamina de cristal: euforia (que podía durar a veces hasta doce horas), subidón de energía, pérdida de peso, diarrea, náuseas, agitación, violencia y confusión. También aumentaba la libido. Esto tenía algo que ver con el impulso sexual; o sea, que te daba muchas ganas. Si Micah respondía a esto último, mejor no saberlo. Los usuarios crónicos a menudo sentían antojo por la droga, depresión, ansiedad y "boca de cristal": se les podrían los dientes y se les desintegraban en la boca. Lo peor era lo de las alucinaciones intensas, en las que los consumidores sienten que bichos les recorren toda la piel. A mí me horrorizan los bichos, así que eso fue lo que más me perturbó.

Llegué a una sección que hablaba de los efectos del cristal en el cerebro. Esta droga libera dopamina, la sustancia química que provoca placer o euforia. Al paso del tiempo, el cristal destruye los receptores de dopamina, por eso el adicto ya no puede sentirse bien o feliz por su cuenta. Cuando deja de consumir, a veces tarda todo un año antes de que los receptores vuelvan a regenerarse, si es que lo hacen. Entonces quien consume meta termina necesitando cada vez más para poderse sentir normal, porque la droga impide al cerebro producir dopamina en forma natural. Los adictos al cristal padecen anhedonia, esto es: son incapaces de disfrutar, de sentir placer y alegría.

En la última parte del sitio había fotos de consumidores de cristal; el antes y el después. Me recordaron a esos programas de la tele de *extreme makeover* en las que te enseñan la foto fea de una persona que se ve toda triste y sombría, junto a otra foto bonita y sonriente después de que le pintan el cabello y la maquillan como debe ser. Aquí, las fotos estaban al revés. Una mujer normal y feliz aparecía del lado izquierdo de la pantalla. Del lado derecho se veía cómo se había convertido en una avejentada versión de sí misma, esquelética y casi irreconocible, con lesiones en el rostro, donde seguramente le habían picado los bichos imaginarios que tenía bajo la piel.

Dejé de ver las fotos. Micah no era como ellos. Él no tenía lesiones ni boca de cristal. Era flaco, claro, lo era por naturaleza. "Un espagueti", le decía mi papá. Micah se veía como un chico normal de dieciocho años. Él era mi hermano. Se divertía, conocía la felicidad, o al menos yo así lo pensaba.

Cinco

Mientras Tyler y yo nos enfilábamos para la playa pensé en lo que nos había dicho el idiota con los expansores. *Claro* que Micah quería que lo encontráramos. ¿Qué clase de persona querría seguir extraviada?

Tyler se detuvo a hablar con una pareja más cercana a nuestra edad. Él tocaba una guitarra y ella estaba sentada con las rodillas contra el pecho pintándose las uñas de los pies de color morado oscuro. Gajos gruesos de su cabello corto y rubio se le pegaban a la cabeza. O usaba una tonelada de producto para que se le viera así, o a gritos necesitaba un baño.

Tyler les preguntó si conocían a Micah y yo les enseñé la foto. El chico siguió tocando algo en escala menor que los hacía verse más patéticos a los dos. La chica miró la foto con poco interés, y los dos dijeron que no lo conocían. Ella volvió a enfrascarse en sus uñas, pero al mover el pie tumbó el frasco y se derramó el líquido morado sobre la manta en que se sentaban.

Nos alejamos antes de pudieran culparnos.

—Esos dos no viven en la calle —le dije.

—Quizá no.

—Tampoco el tipo de antes.

—No lo creo.

—¿Qué? ¿Se me escapa algo? ¿Ésta es la nueva moda? ¿Hacer de cuenta que vives en la calle para sacarle un poco de dinero a la gente? —me enfurecía la falsedad de todo aquello.

—A lo mejor están aburridos —Tyler encogió los hombros.

—Pues entonces que se aburran, pero que no se hagan pasar por algo que no son.

—Tal vez están protestando.

—¿Con mp3 y iPod?

Él se rio.

—La gente tiene derecho a su música.

—Mira, Tyler, estoy segura de que sabes lo que estás haciendo, pero...

—Sé lo que estoy haciendo.

—Sí, pero ¿de verdad crees que esa gente conocería a Micah? Como que no son su tipo de personas.

Tyler se detuvo frente a una licorería.

—Tal vez la parejita no, pero el primer tipo andaba viajado con algo. Necesito cigarros, ¿vas a entrar?

Negué con la cabeza. Lo esperé afuera. Aunque todavía era temprano y seguía nublado, saqué el filtro solar de mi mochila y me lo apliqué en el rostro y los brazos. No me hubiera venido mal algo de color, pero yo me quemaba en lugar de broncearme. Micah era al revés. Cada verano su piel se tornaba de un agradable tono dorado.

Estudié la calle de arriba abajo y decidí que Ocean Beach, cuando menos en el centro, no podía llamarse hermoso. Todo era pequeño y hacinado sin que hubiera espacio para respirar. Los edificios bien merecían una buena manita para cubrir las pintas y recordarles el color que supuestamente tenían. En las grietas de las aceras se juntaban restos de papel y basura.

También estaba el olor. El lugar olía a lana mojada o pan rancio. Olía como a malos hábitos. Traté de distinguir el olor a sal de mar de entre el tufo, pero el único olor que me llegaba era a orines de gato. Miento, había otra cosa: drogas. Podía olerlas dondequiera.

De pronto me pregunté si la persona que me había enviado el correo nos observaba en secreto, si le parecería divertido. Sentí náuseas de pensar que todo fuera una broma pesada. Quizá Micah estaba bien. Quizá sólo era alguien de la escuela con deseos de lastimarme. El rostro de Keith irrumpió en mis pensamientos. No.

No era su estilo. Humillación pública total, difamación, crueldad, ésas eran sus armas predilectas.

Pero eres de quien más habla. Y eso cuenta, ¿no? Si la persona detrás del correo existía, cuando menos pudo habernos dicho dónde encontrar a Micah. Aunque si Micah realmente vivía en la calle, seguramente se movía de un lugar a otro. Tal vez llegaba a dormir al departamento de alguien o a un albergue, aunque la imagen que dominaba mi imaginario era la de él solo, hecho bolita, en alguna acera fría de concreto.

Tenía que haber venido inmediatamente. ¿Por qué esperé? La respuesta se me escabullía enterrándose en lo más profundo. Todavía no estaba lista para ella.

Al otro lado la música sonaba a todo volumen. Era un restaurante llamado Hodad's que afirmaba preparar "¡La mejor hamburguesa del mundo! ¡Poco menos de 99 mil millones vendidas!". ¿En serio? ¿En Ocean Beach? ¿Cómo sabían que hacían la mejor hamburguesa del mundo? ¿Qué hay de China, Italia o incluso Canadá? Allá seguro que también las hacen sabrosas. Pero el interior del lugar se veía bien con las paredes forradas de placas viejas de automóviles de todo el país. Afuera ya se había formado la gente para entrar. En la barra, tres hombres bebían cerveza. Vestían chalecos de piel negra, como de motociclistas, y sus camisas de botón abiertas revelaban barrigas que les colgaban encima de sus cinturones. Sus tatuajes envejecidos, símbolos de su juventud perdida, se iban estirando junto con la piel y los años. Seguramente por eso era mejor tatuarse lugares con menos carne, como los tobillos y los pies. Los hombres llevaban el cabello corto y de punta que les formaba picos de dos centímetros sobre la cabeza. Una mujer, parada junto a ellos, apenas contenía su colosal busto de quirófano con un bra de bikini azul. Echó atrás la cabeza con una carcajada tal vez demasiado sonora para lo que se había dicho.

Dos de los hombres me voltearon a ver. En un esfuerzo de cortesía les sonreí a través de la ventana. Uno de ellos me hizo gestos para que me acercara. Qué asco. Bajé los ojos. Yo no tenía "problemas con papi" ni estaba de humor para hablar con ellos. Ojalá que Tyler se apurara.

Momentos después, emergió de la tienda y abrió una cajetilla de cigarros. Esperé a que sacara uno y observé su extraño ritual. Pasaba la lengua por ambos extremos antes de colocarse el correcto en la boca. Me recordaba a las películas antiguas y cómo los personajes siempre golpean el cigarro contra algo. En esas cintas en blanco y negro todos fuman. Katharine Hepburn siempre llevaba un cigarro entre sus uñas pintadas. No podía imaginarme a Bogart sin un cigarro en *Casablanca*. Por alguna razón en ese tiempo el cigarro era sexy.

Tyler encendió el suyo, le dio un jalón y soltó el humo. Tosí. Hoy el cigarro ya no era tan sexy.

—Perdón, pero cuesta trabajo romper con algunos hábitos —sonrió nuevamente revelando sus hoyuelos. Yo nunca había notado la gran sonrisa que él tenía y esto me inquietó. Tenía debilidad por las grandes sonrisas.

—¿Listo? —le pregunté.

Caminé muy cerca de él cuando pasamos frente a Hodad's. Uno de los hombres silbó y los demás rieron.

—¿Ya haciendo amistades?

—Cállate —le dije. Quería alejarme lo más que pudiera de aquellos hombres. Me sentía sucia de sólo estar ahí.

—Cálmate —dijo— te estás estresando. ¿Quieres? —Me ofreció el cigarro entre sus dedos.

—No fumo —le dije. Aquello era parte verdad y parte mentira. Tenía que haber dicho que no fumo en público. Conservo una cajetilla de cigarros en mi cajonera debajo de mis pantaletas y a veces enciendo uno ya entrada la noche junto a la ventana de mi recámara cuando me siento rebelde.

—Lástima.

—No pienso morir de cáncer del pulmón cuando tenga cuarenta.

Dije aquello con más dureza de lo que hubiera querido y me avergoncé en silencio. Me sentí muy hipócrita.

—Deberías hacer algo para liberar toda esa tensión. ¿Por qué no te vas a correr un par de cuadras? —se rio quedamente. Luego se quitó el gorro, se pasó las manos por el cabello y volvió a ponérselo.

Me quedé callada. No quería pelear con él. Las nubes no daban seña de abrirse pronto, y esa falta de sol me bajó el ánimo. Me hizo sentir que el viaje sería causa perdida.

—Seguramente todo esto fue un error.

Lancé el vaso vacío de café en el bote de basura de la esquina, pero claro que no le atiné porque tengo pésima puntería. Lo recogí y lo arrojé al bote enojada.

—Mira, tenemos todo el día y está hermoso —Tyler miró al cielo—. Bueno se pondrá hermoso una vez que se vayan las nubes. Se supone que hoy estaremos a la perfecta temperatura de 25 grados. Hay que tomarnos nuestro tiempo y preguntarles a todos los que veamos. Será un buen principio.

—¿Y qué tal si no lo encontramos? —pregunté.

Tyler le dio otra chupada a su cigarro antes de responder.

—La primera vez que vinimos aquí con Eddie y Sylvester íbamos en segundo grado. ¿Los recuerdas?

Asentí contenta de que hablaba conmigo, para sacarme unos momentos de mi obsesión con Micah.

—¿Qué se hizo de ellos?

—Sylvester trabaja en el taller automotriz de su papá. No sé qué pasó con Eddie. De seguro anda por ahí en la costa. Como sea, esa vez habíamos surfeado todo el día junto al muelle —señaló hacia delante y pude ver a la distancia el muelle largo y angosto—. Las olas ya se estaban poniendo mansas. Micah estaba de pésimo humor porque no le había tocado ni una buena en toda la mañana. A todos nos había tocado alguna decente menos a él. Por fin lo vi en la cresta de una ola enorme y ya iba a entrar bien en el bucle cuando ¡zas!, que la ola se lo traga. Todos gritamos ¡pero qué diablos!, y él no salía. Tuvimos que sacarlo del agua. Se había golpeado en el fondo y le sangraba la frente.

Tyler se detuvo para dar otra fumada.

—De verdad que no conocía el miedo. Nunca olvidaré su rostro atontado y feliz porque había surfeado tan duro que se le rompió en dos la tabla.

—Toda la vida se andaba lastimando —le dije—. ¿Nunca te platicó cómo se quebró su diente?

—Surfeando, ¿verdad?

—¡No! —me reí al recordarlo—. Él estaba como en cuarto grado y andaba en la calle haciendo trucos con la bici. Era bastante bueno. Cerca de la casa había una pista de ciclocross en la que practicaba. Un día camino a casa se encontró con un rottweiler gigante. Micah les teme a los perros, así que no lo perdió de vista mientras pedaleaba a toda velocidad para alejársele. No vio que delante de él había un auto estacionado. Chocó y salió volando por encima del manubrio de la bici y cayó de rostro sobre el asfalto. Llegó a la casa llorando y con la boca llena de sangre.

—¡Ouch!

—Le tuvieron que hacer puntadas y toda la cosa.

Me reí con el recuerdo, pero se me acabó la risa pronto cuando me di cuenta de que Tyler y yo intercambiábamos historias como si nos hubiéramos reunido a recordar a un muerto.

Rumbo al mar le preguntamos a otras dos personas si conocían a Micah. Me impresionó el grado de homogeneidad de esta gente: envueltos todos en colores opacos y mugre, cabello largo y escaso o enmarañado en rastas; los hijos desechados de los hippies de los sesenta. La mayoría llevaba morral o mochila, algunas de marcas costosas. Muchos eran músicos y todos olían a hierba, pero ninguno era Micah.

La calle desembocaba en un estacionamiento amplio. Ahora apestaba a orines, como si alguien hubiera marcado su territorio. Traté de no vomitar. Del lado derecho se abría un camino a la arena y a una estación de socorrista. Afortunadamente, Tyler se dirigió para allá.

La parte arenosa de la playa resultó más pequeña de lo que había esperado y sólo vimos allí a unas cuantas personas. A media mañana todavía no era el lugar abarrotado en que se convertiría. Tyler se quitó sus Converse Chuck Taylor negros y comenzó a caminar por la arena. Yo hice lo mismo con mis sandalias que deje pender en mi mano izquierda. La arena se sentía fresca bajo mis pies. Sabía que bajo el sol de la tarde me quemaría.

Pasamos junto a un hombre tirado de espaldas y cubierto con una vieja manta color naranja. Junto a él había un carrito de supermercado custodiado por una ruinosa bicicleta de la que pendían bolsas de plástico amarradas al manubrio. Sonaban con el viento. El hombre se movió como si algo en el aire le hubiera alertado de nuestra presencia. Luego caminamos con cuidado alrededor de un par de chicas que se bronceaban. Una yacía de espaldas y la otra boca arriba con los tirantes de su bikini desamarrados para que no le quedaran líneas blancas en la piel. Yo siempre había querido hacer eso. Las marcas de los tirantes del bikini me molestaban mucho, pero era demasiado cobarde para desatarlos.

No entendía por qué Tyler nos adentraba tanto en la playa. Yo hubiera pensado que tendríamos mejores posibilidades en la ciudad, pero lo seguí. Pasamos la estación del socorrista y llegamos hasta la orilla.

Tyler se agachó y se arremangó los jeans para que no se le mojaran. Yo di un salto hacia atrás para alejarme del agua fría. Definitivamente hacía más fresco en la playa. No había escogido el mejor atuendo: unos shorts de mezclilla y una linda blusa sin mangas. Él se asomó por encima del muelle.

—Todavía quedan algunos.

Se refería al grupito de surfistas reunidos cerca del muelle.

—No está aquí —le dije.

Saqué mi sudadera de la mochila, me la puse y al instante sentí calor contra mi carne de gallina. A la distancia, el sol luchaba por abrirse paso entre la neblina que seguía oscureciendo aquella ciudad en la playa.

—Pues no está surfeando, pero tampoco lo esperabas, ¿verdad?

Tyler se erguía frente al mar. Cerró los ojos.

No sabía qué esperar, pensé.

Un movimiento atrapó mi atención. Una mujer joven escarbaba en la arena con un niño pequeño. Ella le señaló el agua y el pequeño corrió a la orilla con una cubeta roja. Esperó a que entrara la marea y recogió algo de océano que llevó corriendo a su madre para vaciarlo después en un agujero. La mujer comenzó a moldear la arena humedecida. Imaginé que se sentiría fría y áspera en sus dedos.

—Podría estar en cierto lugar...

—¿Dónde? —no aparté los ojos de la madre y su niño, quien había arruinado la escultura de su madre aplastándola con las manos. Saltaba de arriba abajo, claramente emocionado por la destrucción que había hecho. La mamá en vez de enfadarse, sonrió. Cuando éramos niños, a Micah le encantaba hacer lo mismo con mis creaciones; sin embargo, después de que yo hubiera llorado a mis anchas y de que él se hubiera reído lo suficiente, siempre me ayudaba a reconstruir.

—Del otro lado del muelle es a donde se reúne... cierta clase de gente.

La madre tomó las manos del niño y se lo acercó para envolverlo en un abrazo.

—Si piensas que ahí es donde podría estar, pues hay que ir.

—Creo que debes prepararte —Tyler miraba el mar, y tuve que inclinarme hacia él para escucharlo en medio del estruendo de las olas.

—¿Para qué? —seguí su mirada al horizonte y vi cómo se formaba una ola costa afuera que se fue hinchando y creciendo hasta estrellarse finalmente y convertirse en espuma blanca.

—Ya pasó un tiempo. No sé qué facha tendrá —Tyler se puso de cuclillas cerca de la arena. Se quitó el gorro y lo metió al bolsillo trasero del pantalón.

—¿Has estado entre adictos?

No era la primera vez que escuchaba esa palabra en relación con mi hermano. La primera fue cuando papá lo pescó con un churro de marihuana. Papá le gritó preguntándole a Micah si quería terminar como un adicto perdido. Siempre me he preguntado si alguna vez papá repasó aquel momento y deseó retractarse de sus palabras. Las palabras anidan, se quedan pegadas aunque no lo queramos.

—No. ¿Y tú?

Vi en mi cabeza los rostros demacrados de los adictos al cristal que había visto en aquella página web.

—Todo lo que digo es que tal vez ya no se parezca, ni se comporte como solía hacerlo. Tienes que prepararte.

¿En qué planeta se le figuraba a *Tyler que vivía yo?* Micah no se parecía a sí mismo ni había actuado normal durante meses. A veces hasta pensaba que un extraterrestre se le había metido al cuerpo sitiando su mente, como en la película *Usurpadores de cuerpos* o algo así. Casi esperaba encontrar una cápsula o una muda de piel en algún rincón de su armario. ¿Qué otra cosa podía explicar su silencio? Podía lidiar con sus insultos y maldiciones, con los gritos de "¡te odio!", pero la indiferencia había abierto un abismo entre nosotros que se había tragado todo lo que alguna vez tuvimos.

—Déjame hablar a mí —Tyler volteó a verme—. Quédate callada a menos que diga lo contrario.

Me le quedé viendo como si estuviera loco.

—No quiero ser grosero, pero lo digo en serio —me miró como si fuera una niñita a la que había que regañar—. No puedes confiar en esta gente.

Él había vuelto a decir "esta gente", y me dolía pensar que a Micah ya se le incluía en un grupo en el que yo no tenía que ver, ni quería hacerlo. No protesté. Tyler hablaba como si tuviera cierta autoridad y yo, por regla general, me sometía a la autoridad… cuando menos por fuera. Además, resultaba un alivio contar con alguien que tomara las riendas del asunto.

—De acuerdo. Tú te encargas.

Dejamos la costa y caminamos hacia el muelle. La mayoría de los muelles que yo había visitado eran sólidos y lo suficientemente anchos para que pasara un auto sobre ellos. Éste se veía frágil, como si al momento de recibir el impacto de una ola fuera a desplomarse en pedazos en el océano. En el extremo se levantaba un solitario edificio blanco con un letrero en azul que decía: "Café".

Quería sugerirle que camináramos por el muelle. Tal vez encontraríamos a Micah con los tipos que pescaban, pero Tyler se enfiló por debajo del muelle, hacia un andador de cemento junto al estacionamiento.

Llegamos a un edificio viejo y desvencijado. Al parecer alguna vez alojó inquilinos, pero ahora colgaba vacío lleno de garabatos negros. Había dos adolescentes sentados frente a un hombre delgado sin camisa, como en calidad de aprendices frente a un gran sabio barbado. Uno de ellos le pasó un cigarro al hombre. Él lo tomó y exhaló humo que, como incienso, se elevó por encima de ellos.

Cerca de ahí, una mujer que llevaba una cámara grande tipo profesional dirigía su largo lente a una pequeña banda de surfistas. Vestía un bikini amarrado y un par de jeans recortados que apenas le cubrían el trasero. Su piel color cocoa, quizá producto de muchas horas de tomar el sol, refulgía a la media luz. Nos inclinó la cabeza cuando pasamos, pero regresó la atención al agua cuando uno de los surfistas atrapó una ola.

Observé. En un solo movimiento líquido el surfista ya había montado la tabla. Mantuvo bajo el torso, casi doblado, mientras seguía la curva de la ola. Con la mano sobre el agua producía un chorro. Sus pies recorrían la tabla velozmente.

Clic, clic, clic, la mujer activaba el obturador de su cámara.

Imaginé a Micah sobre la tabla, pero sabía que no podía ser. Siempre presumió habilidad pero jamás había sido tan bueno.

—¿Vienes? —me gritó Tyler quien ya se había adelantado en un camino que llevaba a un grupo de rocas.

Al verlas no habría esperado que costara tanto trabajo atravesarlas. El agua que entraba con la marea nos salpicaba. Mi pie resbaló una vez, pero Tyler me sujetó el brazo antes de que cayera. Me ayudó en todo el trayecto y no me soltó sino hasta que llegamos a la arena del otro lado.

De inmediato percibí otra sensación. No había bañistas tomando el sol, ni familias, partidos de voleibol o cometas surcando los aires. Tampoco había arena. Unas piedras grandes y planas entrelazadas por charcos de agua separaban ésta de tierra firme. En cualquier otra ocasión me hubiera gustado explorar y juntar conchas o algo así, pero hoy ni pasó por mi cabeza. Salté sobre los charcos sin mirarlos.

Arriba se veían edificios grises de concreto parados como aves en la orilla de una barranca alta. Daban la impresión de que se precipitarían al mar con cualquier sacudida enérgica. Le di la vuelta a un montón de algas café desparramadas sobre una roca como una criatura que hubiera salido del océano para morir allí. Las sobrevolaban miles de mosquitos.

Nos acercamos a un grupo de muchachos como de nuestra edad que se acurrucaban en círculo sobre la arena. Fumaban hierba.

—Hey, ¿cómo andamos? —dijo Tyler.

Una muchacha de rastas largas y negras metida en una sudadera rojo sangre, le sonrió a Tyler y le ofreció una fumada.

—Vamos —me dijo Tyler y seguimos de largo—. ¿No les quieres preguntar?

—Están demasiado viajados. No vale la pena.

Más adelante una bolsa de dormir azul se apretó contra la base de la barranca. Se movió un poco y me pareció escuchar un quejido. Por la abertura pude ver cabello café, del mismo tono que Micah. Tenía que cerciorarme. Con cuidado caminé por encima de la roca, pero tenía a la persona de espaldas así que me tuve que agachar para acercarme.

—¿Qué haces? —me gritó Tyler.

El tipo se rodó. No era Micah. Abrió la boca y le vi dos huecos grandes donde tenían que haber estado sus dientes incisivos. Sacó la mano queriendo golpearme la pierna.

—¡Lárgate! No estoy de espectáculo, a menos que alguien pague por ver.

Me eché para atrás y casi me resbalé en la roca mojada. Tyler me atrapó.

—¡Espera! No te vayas. Sólo necesito un poco, un poco de cambio; tal vez uno o dos dólares. Una niña bonita como tú lo entenderá.

—Pe… perdón —tartamudeé.

El hombre trató de incorporarse. La bolsa de dormir se le cayó a la cintura revelando su pecho desnudo y gris como carne vieja.

—¡Hey, hermana, tú me despertaste! ¡Coopera con la causa!

—Vámonos —susurró Tyler.

—Perdón. Es que pensé… —volví a decir.

—¡Qué pagues, perra!

Tyler me apartó mientras el hombre seguía gritando "¡Tienes que pagar!".

—Te dije que era peligroso aquí —Tyler habló con dureza. Me llevó de regreso a la orilla que salpicaba chorros de agua sobre las rocas cuando entraba la marea.

—Pudo haber tenido una navaja o algo.

Yo traté de separarme de él.

—Tampoco soy una niña tonta.

—Pues entonces no te comportes como tal —y me soltó el brazo.

—De seguro me saldrá un moretón —me froté el punto donde él me había sujetado.

—Lo siento —dijo, pero su mirada seguía enojada.

¿Qué se traerá éste?, pensé.

—¿Estás bien?

—Sí.

Él levantó la mirada hacia la playa.

—¿Ves a ese tipo que anda por allá? Es un *dealer*. Quiero hablar con él. ¿Te vas a comportar?

Tyler había vuelto a hablarme en tono de hermano mayor, pero detecté cierta ternura en él, así que me calmé.

—¿Cómo sabes que es *dealer*?

—Pues porque lo es.

Me empecé a preguntar cómo era que Tyler conocía tan bien a esta gente.

—¿Crees que conozca a Micah?

—Tal vez.

Caminamos hacia el hombre. Sólo vestía unas bermudas para agua. Sus brazos y tronco musculosos se veían bronceados. Un tatuaje de puma cubría uno de sus hombros, en el otro se asomaba el rostro de una mujer. No se veía como un *dealer*, pero yo solamente tenía la imagen de lo que salía en la tele y el cine: tipos con barbas de candado o bigotes y chamarras de cuero que se la pasaban en callejones o bares de desnudistas, o que se acercaban a los autos que bajaban la ventanilla. No esperaba ver a uno bronceándose a plena luz del día.

—¿Qué estamos buscando, camarada? —preguntó el hombre cuando nos acercamos. Echó la colilla de su cigarro a una roca mojada. Los rescoldos diminutos siguieron fulgurando.

—Nada en particular... —dijo Tyler.

—Eso dicen todos —se quitó las gafas de sol y me miró directamente— ¿Y tú?

Negué con la cabeza. Nos llevaba muy pocos años, pero sus ojos reflejaban más edad.

—Sigan su camino, entonces. Soy hombre de negocios —volvió a colocarse las gafas de sol y regresó la vista al mar.

—Quiero saber si has visto a alguien —Tyler extendió la mano para que le diera la foto de Micah. Se la di.

El tipo ignoró la fotografía. Tyler buscó en su bolsillo y sacó un billete. No supe de cuánto, pero era más de un dólar. Se lo dio.

—Bonita foto —sus dedos rozaron el contorno del rostro de Micah y taparon mi imagen sentada a un lado de mi hermano. El hombre devolvió la foto a Tyler.

—Lo he visto por ahí.

—¿Sabes dónde podemos encontrarlo? —pregunté.

Tyler me lanzó una mirada molesta, pero no me importó.

—¿Qué?, ¿me viste cara de niñera?

—Sólo queremos saber si está bien —sentí cómo se me quebraba un poco la voz. Traté de verme preocupada pero dura. El *dealer* me miró unos momentos antes de hablar.

—¿Qué se mete?

—Cristal —pensé que a estas alturas la verdad era lo mejor.

—Lo he visto con una guitarra, tocando para conseguir dinero —nos dijo, casi renuente.

—¿Dónde? —sentí la esperanza de conseguir una pista. Pero no. Él decidió sermonearnos.

—Todos piensan que la pueden controlar, pero no. Los adictos al cristal son los peores. Se ponen paranoicos, pierden la cabeza y demás, se les caen los dientes.

Alcanzó un tubo de filtro solar que tenía cerca y se lo embarró en el pecho. Me sorprendió que alguien que se ganara la vida vendiendo drogas se preocupara tanto por su cuerpo.

Tyler me devolvió la foto. Le limpié las huellas con la sudadera.

—¿Sabes dónde está? —volví a preguntar.

—Les voy a dar un consejo: regresen de donde vinieron. Olvídense de él —se recostó sobre el concreto y acomodó los brazos bajo la nuca—. Pero quédense por aquí una media hora —dijo proyectando el mentón hacia el cielo—, el día va a estar hermoso.

Seis

Cerca de 80% de los adolescentes prueban algún tipo de droga o consumen alcohol antes de concluir el bachillerato. No tengo idea de dónde saca el gobierno esa estadística. Tal vez tiene agentes antinarcóticos monitoreando las salidas de las fiestas o revisando cuántos alumnos andaban *de viaje* al salir de la escuela. O tal vez sacaron la información con encuestas aleatorias, como las que teníamos que contestar en la clase de salud de segundo año. Encuestas como las que te dice el maestro que son "confidenciales" y "opcionales", pero que uno hace a la fuerza de todos modos. Recuerdo haber llenado una. A todo respondí que no.

Nunca he probado drogas. Ni siquiera marihuana. Y no es por las tontas campañas antidrogas en las que usan celebridades, ni por los intentos de la escuela por educarme. Es porque a mí sencillamente no me gusta sentir que pierdo el control. De repente me he tomado una que otra cerveza en las fiestas, pero nunca más de una. La gente dice tonterías cuando está ebria. Dicen cosas que no querían decir y hacen cosas que no querían hacer. Se ponen pesados. Yo lo sabía porque era de las muy pocas que no consumía ni se embriagaba.

El año pasado hasta abusaron de Jenn en casa de un tipo por andar hasta las manitas. Ella ni se enteró sino hasta el día siguiente cuando vio manchas de sangre en sus pantaletas. Supe que lloró mucho porque se había estado guardando para un jugador de americano.

Un día, después de una fiesta, Keith y yo tuvimos que darle un aventón a un chico que estaba demasiado ebrio como para conducir. Menos de cinco minutos después de acomodarse en el asiento trasero del Ford azul de Keith, el chico dijo que quería vomitar. Keith le gritó que sacara la cabeza por la ventanilla y así lo hizo, pero un poco alcanzó a caer en el auto. A la mañana siguiente había un manchón seco de vómito color mostaza por ambos lados de la ventanilla. Yo ayudé a limpiarlo con un remueve manchas extrafuerte, pero para mí el olor se quedó en el auto y desde entonces podía percibirlo un poco cada vez que me subía.

Si hubiera querido fumar hierba sabía exactamente dónde conseguirla. Los marihuanos de la escuela andaban juntos como lo hacen todos los grupitos. En general no daban lata. Pacifistas, ellos. Ni me fijaba dónde se juntaban los que se metían droga, pero Micah sí. De algún modo él lo sabía.

Siempre pensé que si mantenía abiertos los ojos, si lo observaba, vería la clase de gente con la que se juntaba. Nunca detecté intercambio alguno en la escuela, pero al parecer nunca tuvo problemas de abastecimiento.

Micah no lo sabía, pero yo entraba a escondidas a su recámara cuando él no estaba. No me costó trabajo adivinar dónde guardaba sus reservas. Conservaba el estuche de la guitarra siempre en la misma posición contra la pared, como si lo alineara con alguna marca invisible. Yo solía sentarme en su cama con las luces apagadas y me le quedaba viendo al estuche.

A veces lo abría y corría los dedos por el desteñido forro rosa. Buscaba dentro del compartimiento donde Micah guardaba las cuerdas de repuesto. Debajo de las plumillas, ahí encontraba los cristales de sucio polvo blanco. Me les quedaba mirando a través de la envoltura de plástico. Era como estar pendiente de él. Siempre sabía cuánto había consumido por lo que le quedaba de reservas en el estuche. Eso sí, me cuidaba muy bien, hasta la obsesión, con dejar todo siempre exactamente como lo había encontrado.

Según deducía, a Micah más bien le gustaba inhalar los cristales. Quizá por eso siempre tenía la nariz tapada. Luego comenzó a fumarlos. En las películas se hace mucho énfasis en el cristal fumado. Como que siempre sacan la escena en la que hacen un paneo de la guarida del narco: sus mujeres todas tendidas en sofás de cuero y alfombras peludas. La cámara se detiene en alguien dando una fumada y exhalando por la boca un humo grueso y blanco que se eleva por el aire como un ángel.

Quise hablar con Michelle sobre Micah, pero ella era mejor para opinar que para escuchar.

—Apuesto a que Micah tenía predisposición a volverse adicto, ¿sabes? —me dijo ella un día—. Como lo que estamos aprendiendo en la clase de biología.

Interesante, su teoría. Supuestamente ciertas enfermedades como el cáncer, la diabetes y hasta la obesidad atacan a varios miembros de una familia, pues habita en las cadenas que las une. Me preguntaba cómo es que empieza la enfermedad. ¿Qué la motiva? ¿Los hombres de las cavernas se habrán reunido a discutir desórdenes genéticos, como quién era más propenso a que se lo comiera un mamut o un pterodáctilo? La enfermedad o la predisposición a una enfermedad, al parecer, podían heredarse, así que me dispuse a hacer un árbol genealógico de enfermedades.

Mis padres tenían buena salud. Como apenas tenían cuarenta y tantos años, probablemente era demasiado pronto como para detectar algo. Aunque viendo la manera en que se le ensanchaba la cintura a papá, sabía que en el futuro tendría problemas con su peso. Mamá se quejaba ocasionalmente de migraña, seguramente más debido al estrés que a su composición genética.

Ambos abuelos paternos habían fallecido. Mi abuela, de cáncer linfático. Se sintió mal un tiempo, pero no quiso ir con el médico. Ya para cuando lo hizo, el cáncer se había extendido en todo su cuerpo. Murió al mes de que la diagnosticaron. Mi abuelo murió tres años después, tras un tercer ataque al corazón. Había sido alcohólico desde los dieciocho años, así que su hígado también andaba bastante mal.

Hice una nota en mi lista: con él aparecieron las primeras señales de abuso.

Por el lado materno, ambos abuelos seguían vivos. Mi abuela era sana, aunque tenía algo en el corazón. El año pasado le había dado un ataque, pero según escuché en las conversaciones que mantenía con mamá por teléfono, parecía estar recuperándose. Mi abuelo también era sano, cuando menos hasta donde yo sabía. Aunque tenía un problema de actitud: llevaba su enojo como un trofeo. La mayoría de nosotros nos reíamos para disipar la tensión si la cosa se ponía muy tensa, pero de vez en cuando podía golpearte muy duro con ese coraje que tenía.

Hice un par de apuntes más: enojo, cardiopatía.

Mamá tenía dos hermanos. El año pasado uno de ellos se enteró de que tenía una clase de cáncer. Mi otro tío también había sido alcohólico, aunque hasta ahora llevaba diez años sin probar trago alguno.

Más apuntes: cáncer, alcoholismo.

Mi papá tenía una hermana que llevaba cuatro maridos. Supuestamente los primeros dos la maltrataban. ¿Por qué no dejó de casarse después del primero? No sé, tal vez sentía que se lo merecía. Hace poco que un doctor le diagnosticó depresión clínica y le recetó medicamento.

Agregué a la lista: divorcio, depresión.

No sé mucho de mis bisabuelos; solamente que hubo un alcohólico, otro con enfermedad mental, otro que padecía depresión y enojo. Muchos otros parientes tenían alguna clase de cáncer. Un primo tenía problemas con el juego y había perdido todos los ahorros de su familia. Tenía también a un primo segundo que vivía en Chicago con una enfermedad que no lo dejaba salir a campo abierto, jamás. Además había muchos que se habían divorciado y vuelto a casar.

Después de este breve inventario, me di cuenta de que estaba condenada a heredar alguna tendencia negativa. Ya estaba viendo emerger un patrón de adicción.

Tal vez algún día los científicos descubrirían el gen que lo causaba. La idea no era tan descabellada. Además, cualquier ser humano podría ser portador. De por sí, al parecer la mayoría de los comportamientos ya están ligados al ADN de cada quien. Estaba el gen de la obesidad, el gen de la depresión, el antisocial, el de la avaricia, el del drogadicto, el gen de "Ups, en realidad no quería matar a mis padres", el gen de la pederastia, y así sucesivamente.

En clase de biología tuvimos una lección básica sobre la herencia y el color de los ojos. El maestro nos puso a hacer gráficas con el color de ojos de ambos padres, luego tuvimos que calcular las posibilidades de que los hijos tuvieran ojos azules, cafés o verdosos. El café siempre fue el color dominante y el azul un gen recesivo. ¿Te imaginas si el maestro nos hubiera puesto a dibujar una tabla con todo el bagaje emocional de nuestra familia? ¡Quién sabe lo que habitaría en el ADN de cada quien! Descubrí que tener hijos podía ser más peligroso de lo que había pensado.

Un día vi un programa en el que un doctor famoso habló sobre adicciones y dijo que en realidad son enfermedades. Él habló a favor de la naturaleza hereditaria de las adicciones y esto, en mi caso, significaba mantenerme alejada del alcohol, las drogas, el juego, la comida, la tristeza y el estrés.

Como sea, lo que no me gustó del programa es que el doctor parecía pensar que el adicto no tenía elección. Dijo que el adicto padecía una enfermedad y que había que tratarlo como quien necesitaba ir al hospital. Habló contra el sistema de justicia en particular y cómo a muchísimos adictos se les encerraba y trababa como criminales, en lugar de como los enfermos que eran. Defendía la necesidad de mejores programas de tratamiento.

Por un lado me enojé mientras veía el programa. Entendía que una vez que alguien se volvía adicto declarado, vencido por la droga de su elección, aquello se volvía una enfermedad. En un caso así hasta cambia la química del cerebro, como le pasa a los que consumen cristal. Necesitan ayuda. Pero eso de llamarle una enfermedad o decir que la adicción se basaba en predisposiciones o herencias, ignoraba las decisiones personales que hicieron que la persona se volviera adicta para empezar.

Volverte adicto o alcohólico o lo que sea significa que has optado por esa droga o bebida no una, sino muchas veces. Una persona no se vuelve adicta con una probada. Si así fuera, todas las personas serían adictas a algo.

Micah eligió usar drogas aunque sabía que le hacían daño. Las prefirió a sus amigos. Las prefirió a su familia. Las prefirió a su futuro. Y no una, sino muchas veces. Cada que tuvo elección, prefirió la muerte.

Sé que todos vamos a morir. Jessica Slater, una muchacha de mi clase de historia, murió el año pasado mientras dormía, por un aneurisma cerebral. Es un hecho que te puedes morir en cualquier momento. Pero mirar a Micah matarse lentamente por voluntad propia era demasiado. Lo odiaba. Odiaba cómo me hacía comenzar a odiarlo.

¿Por qué decidió tomar ese camino? ¿Sería por los antecedentes familiares que acechaban en nuestro interior? Tal vez. ¿Estaba yo destinada a hacer las mismas elecciones? Quizá.

Una noche mi papá le gritó: "¿Por qué? ¿Por qué te estás haciendo esto? ¿Cómo le puedes hacer esto a tu madre? ¿Qué no te importa nada?".

En aquel momento Micah le cerró la puerta en la cara. Papá parecía como que iba a tumbarla, pero se detuvo. Puso ambas manos sobre el marco y recargó la frente contra la puerta. Susurró algo que no pude escuchar. Luego se impulsó y salió caminando por el pasillo a su recámara y cerró la puerta.

Recuerdo haber visto la escena desde mi recámara, asomada por la puerta apenas abierta. Vi cómo el pasillo entre ambos se ensanchó y expandió hasta convertirse en una brecha enorme. Me pregunté si algún día podrían estrecharla.

Siete

—Te dije que no hablaras —dijo Tyler.

—Él dijo haberlo visto por ahí —trataba de no volver a resbalarme en las rocas mojadas. Tyler se puso frente a mí justo cuando chocó una ola y nos salpicó, casi nos atrapa.

—El tipo no sabía un carajo, te daba por tu lado.

—¿Y tú cómo sabes? —los ojos se me llenaron de lágrimas y me tapé la cabeza con la capucha de mi sudadera. Lo miré a los ojos—. No me pasa nada, estoy bien. Ambos lo estamos.

—¡No, no lo estamos! Mira, si algo te pasa… —me lanzó una mirada punzante que me hizo sentir incómoda—, ¿qué voy a hacer? ¿Decirles a tus padres que ahora perdieron a su hija también? —dijo, y reanudó la marcha.

—Lo siento —murmuré caminando detrás de él. Tyler tenía la razón. No debía haber intervenido. Quién sabe lo que pudo haberme hecho ese *dealer*.

—Como tú digas.

Tyler se detuvo y casi choqué contra él. Sacó otro cigarro, lo prendió y cerró los ojos mientras le daba el golpe.

—Vamos a subir por ahí —y se puso a subir los escalones que llevaban al muelle.

El muelle estaba más ancho y sólido de lo que había pensado en un principio. Ya que avanzamos un poco se sentía como si camináramos sobre el agua. Debajo, oía cómo se estrellaban las olas. La espuma blanca se asomaba entre los espacios de las tablas. Como a medio camino, Tyler se detuvo y sacó medio cuerpo por el barandal frente a los surfistas. Seguí su ejemplo y nos pusimos a observar.

Había tres chicos con sus trajes negros de neopreno sentados a la misma distancia uno de otro. Llevaban las manos sobre la cadera y se mantenían quietos como si estuvieran en una pintura. Todos miraban en la misma dirección, hacia una onda pequeña que se formaba a la distancia. Desde la orilla se les acercó otro chico braceando sobre su tabla. Como si tuvieran un respetuoso acuerdo, él se detuvo a la misma distancia de separación de los otros tres y se sentó en la misma postura.

A medida que la ola fue creciendo y acercándose, uno de los surfistas cobró vida. Braceó hasta la ola que seguía expandiéndose. Nadie lo desafió. Él llegaría primero. En un solo movimiento montó la ola, se torció y giró con el agua surcándola. Los demás lo observaron, pero bajaron la mirada antes de que hubiera terminado para escudriñar el horizonte en busca de la siguiente ola.

Micah había aprendido a surfear durante la secundaria. Cada verano mis papás nos arrastraban a la playa todos los sábados. Él siempre les pidió que le compraran una mejor tabla mientras yo en secreto rogaba por tener menos cadera. Me hallaba en la etapa de usar shorts encima del traje de baño, un poco acomplejada por mi cuerpo. No era culpa mía que me hubiera llegado la pubertad tan joven y que, por lo tanto, el tonto de Brad Billings se entretuviera jalándome el bra en la clase de ciencias sociales.

Me enfundaba en una sábana mientras Micah surfeaba. Él se quedaba en el agua desde el momento en que llegábamos hasta la hora de partir. Al principio no era bueno, pero miró al resto y aprendió; ya para cuando tenía catorce se defendía. Cuando obtuvo su permiso de conducir, yo me le pegaba para ir con él a la playa y me ponía a leer mientras montaba las olas con sus amigos. Para entonces no me importaba que me vieran sin shorts.

—¿Alguna vez te platicó Micah la historia de la *boogie board*? —le pregunté a Tyler.

—No.

—Ya tenía como trece. Andaba en el agua, sobre la tabla, como estos chicos —le señalé abajo a los surfistas—. Pues ahí estaba, sintiéndose el muy *cool*, o al menos pretendiéndolo porque había chicos más grandes, cuando mamá pasa frente a él braceando boca abajo sobre su *boogie board*. Traía el cabello todo mojado y enredado; los ojos de mapache porque se le había corrido el maquillaje. Cuando se acercó una ola, ella le dijo: "Anda, podemos montar ésta juntos".

Me reí al recordar la escena.

—Micah, avergonzado, la ignoró por completo. Entonces mamá hizo como que se había equivocado: "¡Ah, lo siento! Te confundí con mi hijo, perdona. Me equivoqué", y se alejó. Todos los demás comenzaron a preguntarle a Micah: "¿De visita con mami?". Micah les dijo que no conocía a aquella mujer y todos se rieron.

—Muy al estilo de Micah —dijo Tyler riéndose.

—Creo que Micah se sintió mal por ello, porque siempre le pasaba el brazo a mamá cuando ella platicaba la anécdota.

—A Micah le gustaba lucir *cool* —Tyler se impulsó para separarse del barandal del muelle.

—Sí, eso le gustaba —me di cuenta de que otra vez hablábamos de Micah en pasado. Eso me asustó.

Caminamos hasta el café en el extremo del muelle. De la puerta a la entrada colgaba un letrero, cerrado. Junto al restaurante había una tienda pequeña de artículos para la pesca, también cerrada. En la ventana se veían cañas de pescar de distintos tamaños. Me pregunté si tendrían de esa carnada fosforescente que papá nos había comprado cuando nos llevó de vacaciones a pescar a Mammoth.

Papá había sacado los permisos y comprado cañas para que toda la familia pudiera pescar en ese lago enorme. Micah atrapó dos truchas y los demás nada. Hubo un momento en que pensé tener algo y Micah se acercó para ayudarme a jalar la línea, pero terminamos con un gancho vacío. Seguía colgándole un poco de la carnada naranja fosforescente en la punta. La verdad me aburrí la mayor parte del tiempo, pero me gustó tirar la cuerda y quedarme sentada, esperando en la calma. El lago estaba helado, sereno y oscuro.

—Ya sabrás que Micah nunca nos dejaba decir groserías delante de ti —dijo Tyler.

—¿Por eso actuaba tan raro cuando los interrumpía durante un ensayo?

—Sí. Nos decía: "Hey, calmados delante de mi hermana". Como que te protegía.

—Como si yo nunca hubiera dicho una mala palabra.

La verdad es que pasé por la etapa de hablar con groserías en mi primer año de bachillerato. Dediqué las primeras dos semanas en la escuela a agregarle "cabrón" y "pendejo", y la ocasional bomba que inicia con la letra "p", a mi vocabulario para forjar mi nueva identidad. Micah había fruncido el ceño y dicho que me calmara. Al principio yo me sentía bastante *cool*, como si estuviera interpretando un papel, pero me cansé de ser otra persona. Imagino que por eso lo dejé.

—Yo creo que él quería mantenerte segura. Como si te considerara alguien especial.

—Es imposible mantener a alguien seguro.

Tyler y yo llegamos hasta el final del andador. Un par de viejos pescaban sentados en sus sillas golpeadas por el clima y de las que salían hebras del forro desgastado. Descansaban sus cañas contra el barandal del muelle junto a unas cubetas viejas de veinte litros. Me asomé al interior de una y vi la pesca del día: dos pescaditos grises.

Unos pasos más adelante, otro hombre comenzó a limpiar un pescado. Cual cirujano extendió sus cuchillos sobre un periódico. Escogió uno y se lo enterró al pescado rasgándole la panza de un solo movimiento. Metió los dedos y sacó las tripas que puso sobre el periódico. Tiró el pescado a la cubeta para enjuagarlo. Antes de comenzar a quitarle las escamas, levantó una toalla blanca para limpiar el cuchillo, luego arrojó la toalla junto a las vísceras del pescado. Me quedé viendo la sangre y las tripas, la toalla arrugada y el hedor horrible a pescado, óxido y sudor me revolvieron el estómago. Sentí náuseas.

—¿Estás bien? —intervino Tyler.

Afirmé con la cabeza pero me arrastré al barandal de madera.

—Sólo necesito un poco de aire —dije, tragándome la bilis que me subía desde el estómago.

Deja de ser tan debilucha. Era un simple pescado, me dije. Pero haber visto y olido la sangre me regresó un par de meses a un día en que Keith y yo andábamos de fiesta en casa de CJ. Había sido una reunión espontánea porque el papá de CJ acababa de reabastecer con cerveza el refrigerador del *garage* y había salido ese fin de semana. A veces los papás ni se enteran. Éramos unos cuantos, principalmente el equipo varonil de basquetbol y sus novias. Desde uno de los cuartos de la casa salía música a todo volumen, mientras que del estudio se escuchaba el televisor sintonizando la programación de ESPN, era allí donde Keith y Josh debatían airadamente sobre los equipos colegiales, cuál de ellos clasificaría primero.

No podía importarme menos. Abrí la puerta corrediza de cristal para salir al patio y desengentarme. Afuera, las luces amarillentas de la alberca refulgían apenas. Seguro por eso no vi a Charis, la novia ocasional del base del equipo, en el camastro y casi me senté encima de ella.

—Perdón. No sabía que alguien estaba aquí —dije.

—¡Ah! —pareció sorprendida. Se sentó y comenzó a alisarse su cola de caballo que le caía sobre el hombro.

—Sólo salí al aire fresco. Buena piscina —no sabía bien cómo iniciar la conversación. Lo social no era lo mío. Claro que sabía quién era Charis, porque ella y yo habíamos estado en la misma clase de matemáticas, pero apenas nos habíamos dirigido la palabra en todo el año. Yo me sentaba en las primeras filas del salón y ella en el fondo.

—Sí. Creo que es nueva —arrastraba un poco la lengua al hablar y evitaba mirarme directamente a los ojos. En el suelo junto a ella había una lata de cerveza.

—Así parece... —a esto siguió un silencio incómodo. Me empecé a molestar porque necesitaba estar a solas—. Bueno, disfrútala —le dije, y me dirigí a la casa.

—¿Rachel?

—Dime.

—Perdón, pero no puedo seguir con esto —se volteó en la silla y colocó sus pies desnudos sobre el patio apuntándome como una brújula—. Me está matando, ¿sabes? Pensé que podía con ello, pero no me gusta ser así —se pasó el cabello de un lado a otro con gracia—. Y luego verte en clase todos los días... Pensé que sería más fácil, pero no lo es.

Instintivamente me crucé de brazos como preparándome para lo que estaba a punto de desahogar conmigo. No quería saber de lo que hablaba, pero pregunté:

—¿Qué pasa?

—De verdad que no hicimos nada. Sólo nos besamos un poco, sólo un par de veces. Acababa de romper con Brian y Keith dijo que ustedes tenían problemas. Pero luego los vi juntos —comenzó a llorar—. Soy una tonta. La verdad no sabía. Pensé que ustedes ya habían terminado. Por favor, perdóname...

Miré al cielo para evitar conectar con sus ojos llorosos que pedían clemencia. Arriba, sólo percibí oscuridad, como si las estrellas hubieran salido corriendo a ocultarse.

—¿Qué no vas a decir nada? —preguntó.

Ha de sentirse muy bien desahogar tus secretos. Muy catártico, en serio. Sujeté aire y exhalé muy lentamente. No la absolvería. Algo me decía que sólo Dios podía hacerlo.

—Nos vemos en clase.

Con una calma sorprendente regresé a la casa. Keith estaba sentado junto a Josh viendo la tele. Estrecharon las palmas cuando vieron algo en la pantalla.

—Me voy —dije.

—¿Qué? ¿Adónde?

Encogí los hombros.

—Charis está afuera. Creo que ustedes se conocen.

Keith se tropezó al incorporarse. Había bebido, así que no respondió con la labia que lo caracterizaba. Me miró como si fuera un cachorrito regañado con todo y sonrisa ladeada. Hasta ebrio sabía cómo manipular.

—No te vayas, mi amor. ¿Por qué no lo platicamos?

Yo no quería montar una escena en público, así que me enfilé a la puerta principal. Luego recordé que habíamos venido a casa de CJ en el auto de Keith. Me tomaría una media hora caminar hasta mi casa.

Mientras caminaba por la calle pensé en lo tonta que había sido. Yo era la "chica tonta" a la que su novio le era infiel. *Vergonzoso. Pobre estúpida. Probablemente todo mundo estaba enterado. Qué mala broma.*

Keith salió a buscarme.

—Rachel. ¿Adónde vas?

—A mi casa —estaba tan cansada. ¿Sería capaz siquiera de caminar media hora?

Él comenzó a bajar los peldaños de la escalera pero se resbaló y las piernas se le doblaron.

—¡Mierda! —gritó.

Corrí hasta donde se había caído todo despatarrado sobre el césped.

—Mierda —volvió a decir y volteó a verme.

—Cielos, Keith —aunque estaba fúrica, no me faltaba compasión. Me incliné para tocarle el rostro que le sangraba por un lado. Seguramente se había cortado al golpearse con los escalones. Me asustó ver toda esa sangre.

—No te vayas —murmuró.

—¡Shhh! Hay que meterte a la casa —me agaché y usé mi hombro para apalancarlo y levantarlo del suelo. La sangre le corrió por un lado del rostro. Una vez en la casa, Josh y CJ me ayudaron a recostarlo en el sofá. CJ trajo una toalla mojada y yo la mantuve sobre la herida. Los demás comenzaron a acercarse, pero CJ los corrió.

—No se desmayó, ¿verdad? —me preguntó CJ.

Negué con la cabeza.

—Oye hermano, ¿cuántos dedos ves? —CJ levantó dos dedos frente a Keith, quien los hizo a un lado con la mano.

—Va a ponerse bien —dijo Josh después de ver la herida—. La cabeza sangra mucho —luego reveló una pequeña cicatriz en su sien—, de chico me fui contra un picaporte. Se ve peor de lo que es.

Cuando llegué al baño para limpiarme parecía personaje de película de horror. La sangre de Keith se me había secado en las manos, un lado de mi rostro y en mi hombro. Me abrumó este olor dulzón a clavo oxidado. Llegué al lavabo justo a tiempo para vomitar.

—Va a ponerse bien —dijo Tyler regresándome al muelle y a la razón por la que estábamos aquí.

Tyler malinterpretó mi silencio, pero yo no estaba para confiarle mis asuntos personales. Para mí, Keith estaba metido en un expediente de mi cabeza con la etiqueta "No molestar". Tal vez algún día en el futuro me vería obligada a abrirlo en alguna sesión de terapia, pero ese día no había llegado. Hoy tenía que ser fuerte.

De pronto el muelle ya no se sintió muy seguro. Si lo hubiera querido me podría haber deslizado por entre el barandal para caer en el océano y que éste me llevara lejos. Me recargué y miré hacia el mar. Tyler seguía a mi lado sumido en sus propios pensamientos.

El océano parecía terminar en una línea sobre el horizonte aunque yo supiera que seguía y seguía más allá. Las nubes se habían elevado y el sol golpeaba el agua creando reflejos diamantinos sobre la corriente y las ondas del agua.

—Lo encontraremos —dijo Tyler.

Yo no lo escuchaba, el agua se movía espesa como la sangre.

—Sí, lo encontraremos.

Ocho

Keith no siempre había sido un patán. Por las noches, ya tarde, solía dejarme mis flores preferidas (iris azul) en la puerta de la casa. Micah ponía los ojos en blanco y se reía de lo "clavado" que estaba, pero a mí me gustaba. Keith fue quien me buscó, y aunque hoy la historia se cuenta distinta, yo sabía cuál era la verdad.

Keith me invitó a salir en segundo año después de un partido de futbol. Nos habíamos sentado a un lado del puesto de comida. Yo tenía una Coca-Cola en la mano y él, un hot-dog dividido a lo largo por una delgada línea de mostaza. Me regaló una de esas sonrisas suyas que me hacían sentir como si yo fuera un tesoro recién encontrado, una maravilla. Ni siquiera lo pensé. ¡Se trataba de Keith Brandon! Sus atributos físicos hablaban por sí mismos: sonrisa luminosa, ojos café, voz profunda y abdomen bien marcado. Le gustaba el deporte y cualquiera podía ver aquellos músculos abdominales en el estacionamiento después de la escuela. Siempre se quitaba la camiseta de ejercicio para ponerse la que había usado en clase antes de treparse en su auto e irse. Después me enteré de que también podía ser lindo y divertido, aunque tal vez todo eso era pura fachada.

Al principio fue todo muy casual. Me acompañaba a clase, almorzábamos juntos en el patio de la escuela, hablábamos por teléfono. Yo no podía salir de noche entre semana, pero nos veíamos sábados y domingos. Nos convertimos en una de esas entidades que provocan envidia: nos hicimos pareja.

A Micah no le caía bien, pero a mí tampoco me caían bien todas las chicas con las que él salía. Micah consideraba a Keith arrogante y que se creía más de lo que era. Cierto, a veces Keith era bocón con los demás pero no conmigo. Por lo que a mí concernía, era el novio perfecto: me abría la puerta, me esperaba después de clase, me dejaba una nota en el teléfono cuando se le hacía tarde, me echaba el brazo sobre el hombro de esa forma un tanto posesiva pero que es muy cálida y te llena de seguridad.

No había planeado acostarme con Keith. Simplemente sucedió. No se portó como idiota al respecto. El único comentario que me llegó a hacer fue que lo mantuve en segunda base mucho tiempo. Me dijo que le gustaba salir con una niña buena. Cuando me besaba, me hacía sentir deseada, hermosa y con hambre de más.

Después de estar juntos durante un año, todo mundo simplemente asumió que lo hacíamos. Noté que Keith nunca corregía a nadie al respecto. Quizá sólo me fastidié de la presión y quise terminar con eso, pasar la página. De cualquier forma tendría mi "primera vez" en algún momento y yo quería a Keith, así que ¿por qué esperar? Ya sabía que no sería como en las películas, con música romántica de fondo y toda la cosa.

No es que fuera totalmente inocente respecto al sexo. A Micah y a mí nos habían dado "la charla" cuando yo tenía trece. Papá comenzó diciéndonos que él sabía que nosotros ya sabíamos acerca del sexo y que no entraría en detalles incómodos, aunque yo hubiera querido que lo hiciera ya que no estaba precisamente segura de aquellos "detalles". Papá se contentó con hacernos una pregunta:

—¿Quién compra una vaca, si le dan la leche gratis?

Micah y yo cruzamos miradas y luego lo observamos.

—¿Entienden lo que les digo?

Micah asintió y yo seguí su ejemplo.

—Qué bueno, porque es para los dos.

—Si alguna vez tienen alguna duda, ya saben que nos pueden preguntar con confianza. Sólo queríamos que lo supieran —remató mamá.

Yo quería saber qué tenían que ver las vacas con el sexo, pero preferí quedarme con la duda en ese momento. Después le pregunté a Micah y él me dijo que significaba no andar de ofrecidos. Yo quería preguntarle qué significaba eso, pero no quise poner en evidencia mi ignorancia. No tardé en aprender el lenguaje codificado del sexo. Sabía escuchar y observar con astucia. Además, Michelle y yo encontramos un sitio de internet muy informativo. Un año después ya estaba muy al tanto de los dobles sentidos y las metáforas sexuales. Además no pasaba día en la escuela sin que escuchara alguna broma o viera alguna demostración pública de beso francés.

Pero si se trata de hacer honor a quien honor merece, tendría que regresarme a la primaria, al segundo grado. En mi clase había un compañero llamado Greg Chase, fue él quien me dijo que no existían Santa, el conejito de pascua ni el hada de los dientes. Recuerdo haber estado tan afectada después de semejantes revelaciones que le grité "¡Mentiroso!" en medio de la clase. Cuando regresé a casa le pregunté a mamá si era cierto lo que me había dicho. Ella por supuesto lo negó todo y me dijo que Santa era de verdad. Que el hada de los dientes me seguiría visitando a medianoche para dejarme dinero bajo la almohada a cambio de una muela y que el conejito de pascua escondía en persona los huevos para que yo pudiera encontrarlos. Me sentí muy aliviada.

Al día siguiente confronté a Greg esgrimiendo la consabida cantaleta "Mi mamá dice...". En lugar de refutar a mi madre, Greg decantó hacia otro tema: me reveló de dónde venían realmente los bebés y lo que los papás les hacían a las mamás para que sucediera. Fue un gran *shock*. Mamá siempre nos había repetido el cuento de la cigüeña.

Después de la escuela corrí a preguntarle a mamá sobre el origen de los bebés. Esta vez ella confirmó el relato de Greg y se disculpó conmigo por ocultarme la verdad. Terminó aceptando también a regañadientes la verdadera identidad de Santa y todo lo demás.

—¿Ya sabe Micah lo de Santa? —pregunté.
—No. ¿Crees que podrás guardar el secreto?

Yo respondí que sí y aquello me hizo sentir muy importante porque ella me lo había confiado a mí. Nunca le dije a Micah, así que Santa siguió recibiendo galletas y leche cada Navidad hasta que entramos a la secundaria. Aunque creo que para entonces Micah ya había deducido la verdad.

Para cuando comencé a salir con Keith, Santa había quedado muy en el pasado, y yo había aprendido que el misterio y la magia se reservaban para muy pocas cosas, entre ellas, el sexo. En una ocasión Keith y yo nos quedamos solos en su casa. Su mamá había salido. Estábamos arriba en su recámara y decidí no marcarle el alto donde siempre lo hacía. Keith se apartó un poco extrañado, como preguntando: "¿Estás segura?".

Cerré los ojos y lo besé. Todo pasó rápido. No había sido esa experiencia extraordinaria de la que todos hablan. Aquello me puso un poco triste pero no quería lastimar a Keith, así que sonreí y me hice la feliz.

Craso error.

Adelanto la película a mí enfrentando a Micah, las drogas y rehabilitación, luego enterarme de que Keith se acostó con Marcie; algo a lo que yo me refería como el "Incidente Marcie Armstrong". Darle un nombre le daba cierta distancia al asunto. Keith me pidió perdón y prometió no volver a hacerlo. Yo quería creerle, así que lo hice. Otro grave error. Después de lo que pasó con Charis le dije que habíamos terminado. Algo de respeto me tenía que tener.

La única persona que sabía de ambos "incidentes" era Michelle y ella había jurado por Dios que guardaría el secreto. Y eso significaba algo realmente sagrado para ella. Supuse que Dios ya lo sabía, y estaba segura de que Él no lo andaría divulgando. Por entonces Micah y yo apenas nos hablábamos, así que ni idea tenía. Yo sólo quería que todo desapareciera. Dar vuelta a la página.

Pues resulta que Keith no pensaba igual. Después de su "accidente" en los escalones de la casa de CJ, Keith publicó nuestro rompimiento por internet para que todo mundo se enterara. En su manifiesto, Keith detalló cómo yo me le había lanzado, que no era buena en la cama, que ya estaba marcada y que él estaba feliz de haberse deshecho de mí para disfrutar de nuevo su soltería. Usó otras palabras, pero básicamente fue lo que dijo. Aunque plagado de mentiras, lo que escribió tenía algo de verdad. Sí, habíamos tenido relaciones sexuales, pero la forma en que lo expresó daba la impresión de que yo me acostaba con cualquiera. Jamás de los jamases, incluso después de todas sus infidelidades, hubiera yo hablado así de él.

Después de eso sentía miradas en la nuca adondequiera que iba. Tal vez eran figuraciones mías pero así se las gastan en la adolescencia. Ya el final de mi primer día en la escuela después de la fiesta me sentí enferma, ultrajada inclusive. Las chicas me veían con una mezcla de vergüenza y piedad. Unas cuantas hasta susurraban "No puedo creer que Keith haya hecho eso", cuando yo pasaba frente a ellas entre una clase y otra. ¿Se suponía que la lástima me haría sentir mejor? No fue así. Tampoco tenía caso desacreditar el relato de Keith porque él había hablado primero. Cualquier cosa que yo dijera se juzgaría como un intento desesperado por reparar mi dignidad.

Después de la escuela confronté a Keith en el estacionamiento. No me importó quién lo viera.

—¿Por qué? —le dije caminando hacia él.

Keith, sin camisa, se recargó contra el auto. Traía una venda adherible sobre lo que dos días antes había sido una herida abierta. Se encogió de hombros.

—Estaba encabronado.

—¿Y ésa es toda tu defensa? —evité mirarle el familiar torso desnudo buscándole los ojos bajo las gafas oscuras.

—Me rompiste el corazón, Rach. Me lastimaste, y mucho —suspiró y se separó del auto—. Pero tengo que continuar con mi vida, ¿no?

Metió el brazo por la ventanilla y sacó una camisa.

—Mira, todo esto pasará muy pronto. Si quieres publico una disculpa o algo así.

—¿Qué es lo que pasará muy pronto? ¡Si está por todos lados! —recorrí el cielo con las manos—. Estamos hablando de mi reputación. Esto nunca va a olvidarse.

Una vez que pronuncié las palabras supe que eran verdad. Llegaría a la universidad y todos seguirían recordándome como la "chica fácil". Eso me seguiría a donde fuera. De nada valdría una simple disculpa.

—Todos saben que cuando las parejas se enfadan dicen un montón de mierda de las que después se arrepienten. ¡Cielos, Rach! Te lo tomas todo tan en serio.

—La percepción es todo lo que importa.

Por eso mis padres no veían en qué se estaba convirtiendo Micah, por eso yo no había visto al verdadero Keith. Un muchacho comenzó a llamar a Keith desde el edificio del gimnasio que quedaba cerca.

—Tú fuiste la que quisiste romper. Pero como sea, podemos quedar como amigos, ¿no? —luego me dedicó una de esas sonrisas que habían sido mi perdición.

—No, no lo creo. Y creo que en realidad nunca lo fuimos. Los amigos no se joden así —me di la vuelta y me alejé.

Esperé hasta que Micah regresó de su rehabilitación para decirles a mis papás que Keith ya no vendría a casa porque habíamos terminado. Mamá dijo que era una lástima. Papá preguntó si no debía considerar arreglar las cosas. Probablemente lo mejor hubiera sido decirles todo, pero pensé que ya no les quedaba energía emocional para más. Quería sentirme con ellos, pero no podía. Desde su punto de vista Keith valía oro en comparación con Micah.

Después de decírselos caminé por el pasillo rumbo al cuarto de Micah que quedaba subiendo las escaleras. Asomó el rostro por una rendija de su puerta cuando pasé enfrente. Me miró.

—¿Qué? —le dije como retándolo.

—Es un idiota —dijo, y cerró la puerta.

Sí, un idiota sabe reconocer a otro, pensé.

Nueve

No nos quedaba mucho tiempo en el parquímetro así que a Tyler se le ocurrió salir de la playa y caminar por el lado contrario de la calle por donde habíamos llegado. El malecón ya se había llenado de gente. Algunos tenían el rostro de turistas, con las cámaras colgadas del cinturón. Los evitamos y nos fuimos directo con los que nos interesaban.

Le enseñamos la foto de Micah a un par de chicos de hermoso cabello largo y rubio.

—Psss, ¿qué hizo? —me preguntó el más joven. Tenía el pie sobre su patineta que frotaba sobre el concreto.

—Nada. Sólo necesitamos verlo —le dije.

—Si alguien anda detrás de ti es porque algo hiciste —me dijo seguro de sí mismo, y se me quedó viendo.

—No andamos "detrás" de él. Sólo queremos saber cómo está. ¿Lo conoces o no?

Le aclaré muy seria con las manos sobre las caderas.

—De seguro anda huyendo de ti —dijo el otro muchacho y los dos se rieron.

Antes de que pudiera contestar algo inteligente, saltaron sobre sus patinetas y se fueron. El cabello les flotaba con alegría y las ruedas rodaban duro contra el asfalto.

—Sigamos —dijo Tyler.

—No tenían que portarse como idiotas.

—No les hagas caso. Todavía no han dejado los pañales.

—¿Y tú eras igual de grosero cuando tenías su edad?

—No sé —dijo Tyler sonriendo como si supiera algo que yo no—. Tú dímelo.

Yo no lo recordaba en aquellos tiempos.

—Yo no me juntaba con los amigos de Micah.

—Sí, eras una de esas hermanitas payasas.

—Estábamos en el mismo grado. Me llevas sólo un par de meses, ¿no?

—Cuatro.

—Tenemos básicamente la misma edad —me quedé impresionada. Él sabía que yo cumplía años en septiembre, que en unas cuantas semanas cumpliría diecisiete.

—Sigo siendo mayor que tú —dijo.

Entramos a un par de establecimientos: una tienda de discos usados, un lugar de surf, un restaurante. Nadie había visto a Micah, o si lo habían visto, no nos lo dijeron.

Cuando entramos a Galactic Comics, a Tyler se le antojó echar un vistazo. La tienda olía a moho y me daba claustrofobia con sus toneladas de cómics y regalos retacados por todos lados. Levanté una figura de la Mujer Maravilla. Tyler sujetó a su vez una de Wolverine y le dio con ella un golpe en el brazo a la Mujer Maravilla.

—¡Hey! —hice un ademán de protesta—. ¡En la vida real ella le daría una paliza a Wolverine! —e hice que la figura lanzara un golpe que no conectó.

Tyler me miró con escepticismo.

—Sí, de seguro que lo atraería con sus encantos femeninos y su látigo ese.

—¿Te refieres al Lazo de la verdad? —preguntó Tyler, alzando la ceja.

—Como se diga. Ella se ve más *cool*. Me encantan sus largas botas rojas. Siempre he deseado unas, pero tengo las piernas muy cortas.

—Pues estas lycras amarillas y negras —dijo refiriéndose a la ropa de Wolverine— son un clásico.

Luego me abandonó para irse a otra sección.

Levanté un libro con puntos naranjas y negros en la portada. Percibí la tersura del papel. Era mi secreto. La mayoría de las veces escogía los libros por sus portadas. Ya sé, "no es lo correcto". La bibliotecaria de la escuela nos tiraba el mismo cuento cada año cuando visitábamos la biblioteca con la clase de literatura para aprender el código de conducta y conocer todo lo que el recinto nos ofrecía. Era aburrido, pero nos gustaba ir porque nos libraba de una clase.

La bibliotecaria siempre nos decía: "No se puede juzgar un libro por su portada". Luego se reía. El maestro en turno siempre se reía con ella. Era como un chiste bobo del gremio, que sólo captaban los maestros y los bibliotecarios. En fin, yo asumía aquello como cierto; a veces la portada no tenía nada que ver con el contenido del libro, pero a mí no me importaba. La cubierta te metía en el ambiente del libro.

Mi proceso de selección personal de libros iba así: primero encontrar un libro con una portada interesante, luego abrirlo y leer la primera oración. Si me gustaba el inicio entonces me saltaba mucho y devoraba un párrafo cualquiera de en medio. Si me seguía gustando, entonces pasaba a la última página y leía la frase final. Generalmente ahí terminaba de convencerme. Me gusta saber para dónde va la historia. Además me encantan los finales felices. Si el final del libro es demasiado triste y deprimente, yo paso.

Los héroes de acción y las mujeres con grandes tetas dominaban los anaqueles. Reconocí a muchos de los superhéroes más famosos. Había también una sección completa reservada para *manga*. Recordé que un chico de mi clase estaba obsesionado con aquel estilo. Casi cada semana se compraba uno nuevo. Yo nunca pude clavarme con ellos porque como que todos eran más de lo mismo.

Miré la portada del libro que Tyler tenía en la mano. De inmediato me atrajo el rostro del personaje, dibujado al carbón, sombreado casi por completo, con excepción del blanco en sus ojos.

—¿Lees muchos de éstos? —le pregunté a Tyler.

—Algunos. Es difícil estar al corriente porque salen muchísimos.

Saqué uno amarillo brillante que reconocí.

—Un clásico —dijo Tyler.

—No le entendí —me encogí de hombros.

—¿Lo leíste? —Tyler parecía impresionado.

—No. Vi la película.

—Las películas nunca le hacen justicia a los libros.

Yo pensaba lo mismo. Hasta con las películas de Harry Potter sucedió: el reparto era excelente, pero los libros siempre fueron mejores.

—Yo no entendí por qué el tipo azul siempre tenía que estar desnudo —me sonrojé un poco. Tyler se rio—. Sólo porque es una masa de energía o lo que sea no quiere decir que no pueda cubrirse de vez en cuando.

Levanté otro ejemplar porque me llamó la atención su ilustración de una mujer hermosa con cabellera larga que le volaba con el viento. Lo abrí en una página cualquiera y volví a sonrojarme: hasta en los cómics la gente tenía sexo.

—¿Cuál es? —preguntó Tyler.

—No sé —cerré el cómic rápidamente—. ¿Y cuándo te iniciaste en esto de los cómics o novelas gráficas o como se llamen?

—Mi papá. Tiene una colección enorme de cuando era niño —Tyler regresó el cómic y sujetó otro—. Yo medio estoy trabajando en algo.

—¿En serio? —no tenía idea de que Tyler escribiera cómics. Me preguntaba qué más no sabía de él.

—Nada serio. Sólo tengo un *storyboard* medio terminado. Algo entre antiguo y futurista.

—¿Cómo de ciencia ficción?

—Algo así... pero más como una mezcla entre los Caballeros de la Mesa Redonda y *Blade Runner*.

—¡Ah! ¿Más o menos algo así? —levanté un ejemplar de *La Torre Oscura*.

—No, en realidad no. Pero esa serie está brutal.

Repasé algunas de las páginas.

—¿Buscan algo en particular? ¿Puedo ayudarles? —preguntó el encargado detrás de la caja registradora.

—Sólo miramos, gracias —dijo Tyler.

—¿Y éste qué tal? —levanté otro que medio reconocía.

—¿*Buffy, la cazavampiros*? — se rio.

—¡Hey!, no te metas con Buffy, es genial.

El año pasado me quedé en casa enferma y vi un par de temporadas en línea. Buffy y su divertida banda tipo Scooby Doo me ayudaron a sobrellevar la influenza. Me encantaba que ella no se las sabía todas, pero aun así se las arreglaba para derrotar a los malos y salvar el mundo.

—Como que no es lo mío.

—¿Y qué es lo tuyo? —volví a acomodar a Buffy en el estante.

—Ya te lo enseñaré.

Su promesa se quedó colgando entre nosotros un momento antes de abandonar la tienda.

Después hicimos una parada en la tienda de ropa para playa.

—¿Dónde está el baño? —Tyler le preguntó a la chica del mostrador.

La empleada hizo una seña a la parte posterior de la tienda y Tyler siguió la indicación. Me acerqué al mostrador. Cada vez se volvía más fácil y más difícil preguntarle a la gente si había visto a Micah. Más fácil porque era algo que ya había hecho. Más difícil porque cada que lo hacía, la persona negaba con la cabeza y la decepción revolvía el desaliento que ya tenía en las entrañas.

—Oye, ¿puedo preguntarte si has visto a alguien? —le mostré la foto de mi hermano. Ella la vio apenas.

—No lo he visto —me devolvió la foto y regresó la vista a su revista *Vogue*.

Le agradecí y regresé la foto a mi bolsillo. Tyler regresó del baño con su gorro tipo Mao bien metido sobre la cabeza. Me sonrió de una manera alentadora y yo moví la cabeza.

—Me toca —dije y me enfilé al baño.

La luz fluorescente reveló más de lo que yo quería ver en el espejo. Los ojos se me veían cansados. Me solté el cabello y lo revolví un poco. Me puse brillo en los labios y forcé una sonrisa. Mejor. Aunque no sé por qué me importaba. No había nadie a quién impresionar. Como ya comenzaba a calentar el día, me quité la sudadera y la metí en la mochila. Me revisé por atrás en el espejo y decidí que estaba más que aceptable. Me veía linda.

—Hay que probar en el hostal y luego regresar al auto —dijo Tyler cuando regresamos a la calle.
 —¿Dónde queda?
Él señaló al final de la calle, apuntando hacia un edificio sucio, blanco y azul, con un porche que le daba vuelta por el frente. Afuera, se veía una muchacha en edad universitaria de cabello café peinado de coletas, vestido largo y floreado y camisa de manta. Totalmente sumergida en lo que leía, le colgaban las piernas por entre el barandal del porche. Me dieron ganas de estar haciendo lo mismo.
En los escalones del frente, un joven garabateaba en una libreta roja.
 —Hola —le dijo Tyler.
 —Hola —respondió él sin quitar los ojos de su dibujo.
 —Queremos saber si has visto a alguien —le mostré la foto.
 —No —dijo después de mirar a Micah—. Pero éste es apenas mi segundo día por aquí —tenía un acento tipo europeo o algo así—. Si quieres mira dentro, pero no sé si te vayan a ayudar. Aquí la gente no habla mucho.
El hombre en la recepción nos dijo que no había visto a Micah.
 —La Hostería Internacional de Ocean Beach no es para chicos en situación de calle —dijo—. Necesitas pasaporte para quedarte aquí.
 —Micah no está en situación de calle —dije—. Él sólo está...
El tipo no me dejó terminar.
 —¿Perdido? Tendrás mejor suerte en alguno de los albergues para la gente sin hogar.

Anotó un par de direcciones y teléfonos en una hojita autoadherible y me la pasó.

La muchacha que leía afuera tampoco conocía a Micah. Yo comenzaba a sentir que el viaje había sido inútil. Las posibilidades de encontrar a Micah... bueno, no sé. Pero si yo fuera de las que apuestan, no lo haría. Había más gente caminando por ahí que cuando acabábamos de llegar, pero no tendría caso preguntarles a ellos.

—¿Tienes hambre? —me preguntó Tyler.

—No me vendría mal probar bocado —le contesté.

—Han pasado casi dos horas. Hay que mover tu auto. Vamos por él y a almorzar algo.

Nos fuimos en dirección al auto y casi nos tropezamos con dos hombres sentados en la acera sobre una manta. El mayor llevaba sus canas largas y atadas en una cola de caballo. Los brazos huesudos le salían por la camiseta de tirantes que le quedaba al menos dos tallas demasiado grande. Su compañero era todo lo contrario: grueso, con ropa que no le cubría los rodetes de piel que se escapaban fuera de su camisa. Pensé que estos tipos eran auténticos: nos atenderían y hablarían con la verdad. En una mañana me había convertido en toda una experta en leer a la gente.

Le pasé la foto al hombre mayor cuando me la pidió. La miró largo tiempo. Su amigo no dejaba de mover la cabeza mientras se levantaba una costra del codo derecho.

—¿Tiene un tatuaje?

—Sí. En el brazo —dijo Tyler.

El hombre asintió y me devolvió la foto. Alisé la orilla que se había doblado donde él la sostuvo.

—¿Toca la guitarra?

—Sí —dije.

—¿Cómo se llama?

—Micah.

—Micah. "Quién como Dios". Difícil dar el ancho cuando se tiene un nombre así.

—Micah en nada se parece a Dios —yo no tenía ganas de andar de tertulia y el tiempo se nos agotaba; a pesar de eso intenté mostrar paciencia.

—¿Sabe dónde podemos encontrarlo?

—¿Tienes tabaco?

Tyler le pasó un cigarro y se lo encendió.

—¿Nos puede decir dónde podemos encontrarlo? —Tyler le volvió a preguntar.

—Difícil de decir. Difícil —el hombre fumaba como si fuera su primer alimento del día—. El viento. La gente se mueve como el viento.

Suspiré. El tipo estaba loco. Deberían meterlo a una institución para enfermos mentales.

—De seguro Jimmy lo sabe —dijo su amigo de pronto—. Jimmy ha estado aquí más de treinta años —la costra abierta le sangraba, pero él seguía hurgando en la carne viva.

—Se veía bien, muy bien. Tal vez venga hoy. Nunca se sabe. ¿Son su familia?

—Sí.

—A veces la gente necesita su espacio. Ya entrará en razón.

Yo me preguntaba por qué la gente siempre estaba tan acostumbrada a dar consejos que nadie le pedía. La verdad, ya me estaba fastidiando.

—¿Y cuánto tiempo le tomó a usted entrar en razón?

El hombre sonrió sin mostrar los dientes.

—Lo estoy tomando con calma.

—Él no sabe nada —le dije a Tyler.

—No. Vamos.

—Bueno, si lo llega a ver, ¿podría decirle que lo anda buscando su hermana?

—¿Cómo te llamas?

—Rachel.

—Ven acá —me invitó. Tyler se me acercó, pero yo le hice un gesto de que estaba bien. El hombre me pidió la mano y por alguna razón lo dejé tomarla como si fuera lo más natural del mundo dejar que un completo desconocido leyera en ella mi destino. Con su dedo dibujó un corazón pequeño en la palma de mi mano, acto seguido, la cerró apretándome suavemente con su mano encallecida.

—Amor. El amor es la droga más poderosa del mundo.

Le sonreí. Él soltó mi mano pero yo seguía viendo en ella la forma del corazón, era como si hubiera quedado tatuada.

—Gracias —le dije con auténtica sinceridad.

El hombre me sonrió como si le hubiera hecho el día. Amor. En realidad era sencillo. Era todo lo que importaba. Era lo que me había llevado hasta allí. Era lo que me hacía seguir buscando a Micah.

Cruzamos la intersección y pasamos la cafetería que habíamos visitado antes, luego seguimos por la calle hacia mi auto. Avanzamos unas cuadras cuando Tyler se detuvo.

—¿Crees que vamos bien? —preguntó mirando hacia atrás por donde habíamos venido.

—Uy, no sé. ¿Ya nos pasamos? —me detuve junto a él mirando en la misma dirección.

—¿No lo recuerdas?

—Creo que debe estar un poco antes.

Yo siempre tenía este problema. Me tardaba eternidades en encontrar dónde me había estacionado. Casi siempre le pedía a quien fuera conmigo que recordara dónde dejábamos el auto, pero hoy había olvidado hacerlo.

Caminamos, dimos le vuelta y regresamos, pero mi auto no estaba por ninguna parte. Me volví a detener y pasé por enfrente de los autos estacionados. En todos los parquímetros estaba el vehículo de alguien más. Mi corazón comenzó a acelerarse.

—Sé que nos estacionamos de este lado.

—¿Segura? —preguntó Tyler. Ya no caminó a mi lado, sino que miraba a un lado y otro de la calle.

—Sí —afirmé, aunque solamente estuviera como 70% segura. Me detuve frente a un espacio vacío y comencé a sentir que se me revolvía el estómago. Ése era el lugar. Mi auto tenía que haber estado ahí.

—Prueba con la alarma —dijo Tyler corriendo hacia mí.

Pulsé el botón de alarma del llavero un par de veces en todas direcciones. Nada.

—No lo puedo creer. No puede ser tan tarde. ¿Se lo habrá llevado la grúa?

Tyler, de pie junto a mí en la acera, sacó su iPhone para verificar la hora.

—No, todavía estamos en tiempo.

—Nos lo robaron. Mis papás van a matarme —me senté en la orilla de la acera y aparté una lata vacía de cerveza con una patada. Los ojos comenzaron a llenárseme de lágrimas. Tyler hizo una llamada.

—Hola. Quiero reportar un auto robado.

¿La policía?, dibujé con los labios las palabras.

Él asintió y le dio a la policía la marca y el modelo, así como el nombre de la calle donde nos encontrábamos. Me pidió algo de información y se quedó buen rato hablando por teléfono antes de colgar.

—Podemos esperar a que llegue la policía para hacer la denuncia, lo que podría tomar una eternidad, o podemos ir a la estación. O podemos levantarla enviando un formulario vía internet.

Acuné mi cabeza con las manos.

—¿En línea? ¿Qué no lo van a boletinar o como le llamen, para saber qué buscar?

—No, Rach. Eso sólo ocurre en TVlandia. El tipo con quien hablé dijo que podrían tardarse hasta un mes en encontrarlo.

—¿Un mes? —la voz se me quebró y sentí que ahora sí iba a llorar.

—Dijo que los Honda suelen ser robados para desvalijarlos y vender sus partes, especialmente en esta área de la ciudad.

—¿Y ahora, qué voy a hacer? —me sentí perdida.

—Llenar el estómago.

—¿Comer?

—Sí. Puedes usar mi teléfono para enviar el formulario —Tyler se sentó junto a mí y me echó el brazo sobre los hombros. Yo me le recargué agradecida por el consuelo.

—Mi papá se va a poner como loco cuando se entere que le mentí para venir hasta acá y que encima perdí el auto.

Después de encontrar el anuncio del auto en los avisos, mi padre y yo habíamos conducido una hora para verlo antes de cerrar el trato. Se lo compramos a una señora mayor, bueno, papá fue quien puso el dinero luego de darme un plan de pago a plazos. Después de haber cumplido con los dos primeros, él canceló la deuda. Me dijo que estaba orgulloso porque había demostrado que podía ser responsable. Me pidió que no le dijera nada a mi hermano, pero Micah me dijo que un año antes, cuando él compró su auto, papá había hecho lo mismo. Ninguno de los dos le dejó ver a papá que sabíamos.

—No le llamaremos a tu viejo. Le pediremos a alguien más que nos recoja.

—Vale, pero en algún momento va a notar que ya no lo tengo.

Y me va a matar. Justo después de que me mate primero por ir a San Diego.

—Pues sí. Vas a tener un problemita con eso. Pero tienes seguro, ¿no?

—Por supuesto. *Cielo santo. Ahora me cobrarán más por el seguro.*

—Seguramente cubre pérdida total por robo. Tendrás tiempo para preparar una historia buenísima que contarle a tu viejo. Eso, o reunir el valor para decirle la verdad.

Le dediqué una mirada entre preocupada y dudosa.

—No puedo creer que alguien me hayan robado el auto. ¡Ni siquiera estaba tan bonito!

Micah siempre se había burlado de él. Lo llamaba "auto de viejita"... y lo era. Se lo había comprado a una mujer mayor que lo conservaba como nuevo.

Tyler se levantó

—Qué mierda de día.

Trastabillé al ponerme de pie y él me tomó de la mano. Me devolvió el equilibrio por segunda ocasión aquel día, y no me dejó caer.

Diez

Tyler pagó la pizza en el mostrador y llevó la charola hasta la mesa donde estaba sentada.

—Lo bueno es que no dejas todo en el auto —dijo señalando mi mochila con la cabeza. Le dio una mordida enorme a la pizza de pepperoni. Se formó una hebra larga de queso entre su boca y la rebanada.

—Sólo mi teléfono. Imagino que eso no cambiará mi vida para siempre.

Saqué mi libreta y un lápiz para poder anotar la información del sitio web de la policía que Tyler había encontrado. Lo abrí en la fecha de hoy y luego me acordé que Tyler había dejado su mochila en mi auto.

—Siento lo de tu mochila.

Él se encogió de hombros.

—Traigo mi cartera y teléfono. No te preocupes.

—Eres tan calmado —dije escribiendo algunas notas.

—¿Mmm? —se limpió la grasa de las comisuras de la boca.

—No aguanto cuando las cosas se ponen muy locas, ¿sabes? Perdón por la reacción de hace rato.

—¿Cuál?

—Las lágrimas.

—Ni lo noté. Además, no fue mi auto el que desapareció —dio otro gran mordisco a su rebanada de pizza.

—Cierto, pero pudiste haber entrado en pánico. Ya te quedaste aquí varado conmigo —caí en la cuenta de que no sabíamos cómo regresaríamos a casa—. A todo esto, ¿cómo vamos a regresar?

—Está resuelto. Jones está libre. Vendrá cuando lo llame.

Mitch Jones era otro amigo de Micah. No me caía muy bien. Se había autonombrado el manager de la banda. Supongo que lo hacía bien, pues todo el tiempo tenían presentaciones. Pero no me gustaba cómo me miraba, ni el olor que despedía.

—La página está tan pequeña… Bueno, no que me esté quejando —hacía el intento por agrandar la pantalla con los dedos—. Y, ¿cuándo te hiciste de un iPhone?

—Mis padres. Una de las ventajas de ser hijo único. Deberías comer —señaló la pizza.

Dejé el teléfono y le di un mordisco.

—Ésta es la mejor pizza del mundo.

—Tienes hambre y es la grasa —Tyler rio.

—¿Cómo? —le pregunté con la boca llena.

—Por el pepperoni. Está buenísimo.

Le di otro mordisco y se escurrió un poco del queso por el lado de mi mano. Cayó en la mesa.

—¡Auch! Aunque no es el mejor platillo para una cita romántica, ¿eh?

Tyler se me quedó viendo con curiosidad. Me concentré en la pizza mientras intenté componerla:

—No que esto sea una cita ni nada por el estilo. Sólo es para que lo tengas en cuenta en tus encuentros futuros.

—Tomo nota —Tyler sonrió, ¡de nuevo esos hoyuelos!, y le dio un sorbo a su bebida.

La sonrisa de Tyler me desarmaba, pero me puse tensa, como si tuviera que estar en guardia. Nunca se sabe lo que oculta una buena sonrisa. En alguna obra de Shakespeare que tuve que leer en la escuela había una frase sobre aquello, justamente. Algo acerca del corazón de una serpiente oculto tras una cara bonita. Bueno, sólo porque Keith había resultado una culebra eso no significaba que todos los chicos serían iguales, ¿cierto? Me preguntaba cuánto tiempo me tomaría volver a confiar en ellos. Quería desesperadamente cambiar de tema.

—Por si todavía no te lo he dicho, quiero darte las gracias —me sentía agradecida por su ayuda. No había sabido qué esperar de aquella jornada, ciertamente la súbita bondad de Tyler no estaba en la lista.

—¿De qué?

—Pues no sé —no aparté los ojos de la comida—. Eres bueno en medio de las crisis. Deberías ser bombero o algo así.

—Sí, para rescatar gente y sofocar incendios —se burló.

—Sí, como esos hombrones, de los que saltan de los aviones y toda la cosa. El papá de Lola fue de ésos.

—Para nada.

—Podrías.

—¿Qué parte de saltar desde un avión para caer en medio de un incendio es la que te atrae?

—No sé. Salvar cosas como casas o gente. Se ha de sentir bien ayudar a las personas.

—No necesito ser el salvador de nadie. Eso se lo dejo a otro. ¿Te lo relleno?

Él ya estaba de pie sujetando mi vaso semivacío. Lo vi alejarse y me alegré de no haber venido a Ocean Beach sola. Tyler me daba la espalda frente a la fuente de sodas y me sorprendí contemplando sus hombros anchos. Imaginé sus músculos bien formados surcando su espalda por debajo de su camisa y me acordé de cuando él y Micah ensayaban en la cochera vestidos solamente con shorts a la cadera por culpa del calor. Agité la cabeza para borrar la imagen. Se trataba de Tyler, no de algún chico lindo con quien recrearse la pupila.

Sonrió de regreso cuando me sorprendió mirándolo. Me sentí tonta. De todos los amigos de Micah, definitivamente él era el más lindo. Al parecer no salía mucho con otras muchachas, aunque el hecho de pertenecer a una banda no dejaba dudas de que tendría con quien hacerlo cuando quisiera.

Le di un sorbo al vaso recién servido. Las burbujas del Dr Pepper me quemaron un poco cuando pasaron por mi garganta.

—Entonces, ¿qué quieres hacer?

—¿Ahora? Acabarnos esta pizza —estiró el brazo para alcanzar otra rebanada.

—No, ahora no. Quiero decir, ¿qué quieres hacer de tu vida?

—¿De qué se trata? ¿La hora del interrogatorio?

—Tal vez —la verdad sí soy un poco preguntona. Michelle siempre me lo decía. Pero ¿no es ésa la única forma de saber algo: preguntándolo? No es que sea una chismosa o una metiche, simplemente me gusta estar informada.

—No sé. Ir a la universidad.

Lo miré un poco extrañada.

—¿Qué?

—No, nada.

—¡Ajá! Sólo porque no tomo todos esos cursos para cerebritos como tú no significa que no vaya a ir a la universidad —dijo y se volteó a ver por la ventana.

—No quise decir eso —le dije, preocupada de haber herido sus sentimientos.

—Aún no lo decido —me dijo regresándome su atención. Me alegré de que en sus ojos no hubiera resentimiento.

—Tal vez alguna escuela de estudios superiores y luego de ahí transferirme a la universidad.

—Eso es inteligente. Cuesta bastante menos.

—Ya te pareces a la profesora López.

Esta señora era una de nuestras mejores consejeras vocacionales. Lo hacía bien y realmente te escuchaba... como Tyler. Cuando Tyler hablaba, me veía atentamente a los ojos. No miraba hacia los lados ni bajaba la vista como lo hace la mayoría de la gente cuando habla. Él mantenía sus ojos en ti.

Me sonrojé y volví a levantar el iPhone. No entendía por qué me sentía tan torpe. Habíamos hablado millones de veces antes, pero como que siempre había sido de pasada. Saludos rápidos y los típicos "Hola" y "¿Cómo te va?", pero nunca habíamos sostenido un diálogo a solas frente a frente.

—¿Y tú, qué quieres hacer? —me preguntó.

—Tampoco sé. Solicité admisión en un par de lugares: San Diego, Los Ángeles, Davis y algunos otros. Ya veremos.

—Sólo un año más de escuela.

Un año más hizo eco en mi mente. Un año parecía una eternidad, pero sabía que pasaría rápidamente. En nada Michelle y yo estaríamos lloriqueando abrazadas en la graduación, como habíamos visto a tantos otros hacerlo. En la graduación de este año, realmente no me había concentrado en el llanto de los de último. Mis ojos se habían fijado en el lugar en la fila que tenía que haber ocupado Micah. Como nuestro apellido es Stevens, él tenía que haber estado justo entre Sterol y Stewart.

—No me molestaría intentar algo de diseño gráfico —me confió Tyler—. Hay algunas escuelas de arte que se ven prometedoras.

—Sí. Ese logo que diseñaste para la banda está excelente.

Cuando Micah me lo enseñó, me pareció tan profesional que pensé que le habían pagado a alguien para hacerlo. Micah me dijo que era trabajo de Tyler y me sorprendí mucho. Nunca se me había ocurrido que Tyler fuera capaz de aquello, dado que tocaba en la banda de Micah y jugaba como delantero en el equipo de futbol de la escuela.

—A ver. Dame eso y te enseño algunas cosas —tomó su teléfono y se sentó junto a mí en el gabinete. Sus dedos largos se deslizaban con agilidad por la pantalla.

—Tienes manos de pianista.

—Fue mi primer instrumento.

Abrió su página web y me enseñó sus dibujos y diseños.

—Tienes mucho talento —le dije—. ¿Hiciste esto en la escuela?

—Algunos en la clase de la profesora Krell, pero la mayoría en mi tiempo libre. No es la gran cosa, y no es algo tan público, pero ella de hecho me deja dar una de sus clases de Introducción al dibujo.

Su brazo casualmente quedó junto al mío. No lo aparté, él tampoco lo hizo. Se sentía cálido. De pronto me quedé muy quieta, como si darme cuenta de aquello me hubiera estremecido un poco.

—Micah nunca me platicó esta parte de ti.

—No, bueno… a Micah sólo le importaba la música —dijo mostrándome un bosquejo de la banda—. Me encanta tocar, no me malinterpretes, pero no me quiero quedar atorado en una banda de cochera el resto de mi vida. Aunque por ahora, me parece bastante *cool*.

—Ustedes tienen un sonido excelente.

—Sí, pero sin Micah… —se quedó en silencio unos momentos—. Él nos mantenía juntos. Se suponía que nos iríamos de viaje este verano, como regalo de graduación para él.

—¿Adónde?

El plan era conducir por la costa de México. Surfear. Dormir dondequiera. Comer tacos en la carretera y tratar de llegar a casa de mi tía.

—De todos modos deberían hacerlo.

—No sé. Ahora nos deprimiría. Además ya casi se termina el verano. A ver, déjame ayudarte a llenar el formulario. Yo tecleo la información.

Sus dedos se movían con velocidad por la pantalla, mucho más rápidos que los míos.

—A ver. ¿Número de placas?

Metí la mano en mi mochila para sacar mi cartera y le di mi permiso para conducir. Él se rio.

—¿Qué?

—Te ves como de doce años.

—¡Claro que no! —protesté, pero me percaté de que tenía razón. Llevaba el cabello recogido en una cola de caballo y una sonrisa enorme, como la de una niñita que va a Disneylandia por primera vez. Mis padres habían tenido demasiadas ocupaciones ese día, así que Micah tuvo que llevarme a la prueba de manejo. Su único consejo fue que actuara como si supiera lo que estaba haciendo aunque no fuera así. Él había aprobado el examen en su primer intento, así que me sentí presionada.

Después, cuando le dije a Micah que había pasado, me abrazó y dijo que le daba gusto porque ya no sería mi chofer. Se puso donde podía verlo mientras me tomaban la foto para el permiso. Hizo una mueca graciosa y me sacó una sonrisa justo cuando la mujer oprimió el botón.

Tyler y yo terminamos el reporte del robo y lo mandamos. Taché las palabras "Llenar formulario" en mi libreta.

—Mmmm… Se me había olvidado tu fijación por las listas.

—No tengo fijación por las listas —taché "Buscar en OB" y comencé a sentirme mejor por dentro.

—¿Cuándo apuntaste "Llenar formulario"?

—Cuando nos sentamos a comer.

—¿Ves? Es una fijación por las listas. Apuesto a que anotas cosas que ya hiciste sólo para ver que ya tachaste algo de tu lista.

—Está bien psicoespía. ¿Y qué si me gusta sentirme productiva?

—¿Y qué más tienes en tu lista de hoy? —Tyler, divertido, tomó de mi mano la libreta y comenzó a leer.

—"Levantarme e ir a la ducha", tachado. Menos mal. "Recoger a Tyler", palomita. "Conducir a OB". Hecho. "Buscar en OB". En curso. "Llamarle a mamá". "Poner gasolina". No está tachado, Mmmm…

—Dame eso —le dije, pero me resultaba divertido también.

—"Llenar formulario. Checar cómo va después" —volteó la hoja a la página del día anterior y leyó las únicas palabras que yo había escrito: "Encontrar a Micah".

Los dos nos dejamos de reír, pero Tyler me sostuvo la mirada y sonrió dándome aliento. Yo también le sonreí porque sentí que estábamos juntos en esto. Me devolvió la libreta.

—Gracias por ayudarme con el formulario. Espero que valga la pena haber perdido el auto —traducción: más vale que encontremos a Micah—. Entonces, ¿qué hacemos ahora?

—Déjame ver ese correo que te mandaron.

Lo saqué de mi mochila y lo deslicé sobre la mesa.

—Lástima que ella no nos haya dado una dirección o algo.

Sonreí pensando cómo se me había ocurrido lo mismo cuando llegó. Pero me llamó la atención algo que él dijo.

—¿"Ella"?, ¿cómo lo sabes?

—No creo que un hombre se hubiera tomado la molestia. Y mira esta parte: *Él se molestaría* si supiera que te escribí. A un hombre no le importaría que se enojaran con él.

—Se me ocurrió que podría ser algún bromista.

—No. Esto no es broma —dobló el correo ya desgastado por el uso y me lo regresó—. ¿Hace cuánto tiempo que lo recibiste?

—Más o menos unas dos semanas.

—Ya podría estar en cualquier parte… —Tyler parecía luchar para preguntarme algo—. ¿Por qué esperaste…? En fin, ya no importa. Olvídalo.

Bajé la vista a mis manos. Yo todavía no podía enfrentarlo. No podía enfrentar todos los *por qué* o los *por qué no*. Tendría que bastar con que hoy lo estaba buscando. De algo tenía que valer que ya tratara de hacer lo que antes sólo había deseado.

—¿Le seguimos?

Pensé en lo que tendría que enfrentar al llegar a casa. El silencio. El no saber. La culpabilidad. Se suponía que yo sería el héroe del día.

—Sí.

Tyler comenzó a escribir en su teléfono.

—Llegó la hora de la segunda fase —dijo al fin.

—¿Segunda fase?

—Operación Dillon.

Once

Operación Dillon significaba ponerse en contacto con un surfista amigo suyo. Se me ocurrió abreviar el asunto como OD, pero sonaba como las siglas de Otro Drogo y no quería añadir humor negro al asunto.

—¿Cómo lo conociste? —le pregunté a Tyler mientras caminábamos.

—Nos conocimos surfeando hace un par de años. Un tipo chévere. Micah y yo nos quedamos en su casa un par de veces.

—¿Crees que Micah podría estarse con él?

—Tal vez, pero no creo que a su madre le gustara la idea.

—¿Y por qué no lo contactamos a él desde un principio?

—En tu correo decía que Micah vivía en las calles, así que empezamos por ahí.

No me gustaba aquella sensación. Pensar que Tyler podría estar ocultándome cosas. No digo que estuviera mintiendo, pero parecía estar administrando pequeños trozos de verdad poco a poco.

—¿Hay alguien más a quién pudiéramos buscar, ya que estamos aquí?

—Dillon sabrá decirnos —Tyler se detuvo y me vio al rostro.

—¿Qué pasa?

—No es nada —bajé la vista a la acera.

—Traes puchero —suspiró.

—Sólo te pido que no me engañes. No me endulces la verdad —alcé los ojos.

Esta vez sus ojos evitaron los míos.

—No lo haré.

Dillon Rodríguez vivía en OB, no muy lejos de la playa. Nos tomó veinte minutos caminar hasta su casa, un dúplex diminuto con un par de bicis y un vetusto trampolín cuadrado en el patio de enfrente. El caminito hasta la puerta estaba bordeado por macetas de barro naranja con geranios rojos y cactus. Puerta roja. Lo tomé como un buen signo. Me encantan las puertas rojas.

Dillon abrió antes de que Tyler tocara y se abrazaron de lado, con el hombro, como a veces hacen los chicos. Lo primero que me llamó la atención fue que Dillon era pequeño, apenas más alto que yo, así que Tyler parecía un gigante a su lado. Lo segundo, fue que era mayor. Definitivamente hacía tiempo que había dejado atrás el bachillerato.

—Tyler, hermano. Tanto tiempo.

—Caray. ¿Qué hace, ya un par de meses?

—Seguro, ¿y quién es esta lindura?

—Rachel Stevens, la hermana de Micah.

Los ojos cafés de Dillon se nublaron cuando escuchó el nombre de Micah, aunque quizá sólo fue la sombra del sombrero vaquero que llevaba puesto. Inclinó el sombrero hacia mí.

—Mucho gusto. ¿Cómo está mi amigo Micah?

—Esperábamos que tú pudieras decírnoslo —dijo Tyler.

Dillon se recargó contra el marco de la puerta cruzando los brazos. Parecía sopesar algo.

—¡Ma! —gritó.

—¿Qué pasó, hijo? —contestó desde el interior de la casa la voz estridente e irritada de una mujer.

—Voy a salir.

—¿Adónde?

—Por ahí.

—No te lleves el auto.

—Tengo que —dijo sacando unas llaves de su bolsillo.

—¡Ponle gasolina! —gritó la mujer mientras Dillon cerraba la puerta.

—Perdón por eso. Mamá está un poco chiflada. Tyler, ¿estás levantando pesas?

Dillon atrapó a Tyler con una llave a la cabeza y prácticamente lo tiró al suelo.

Perfecto, pensé, *es uno de ésos*. Soltó a Tyler y luego nos presumió sus músculos.

—Muy pronto te verás igual de bien, ¿verdad, Rachel?

—Cierto. Entonces, ¿has visto a Micah? —comenzaba a impacientarme tanta solidaridad masculina. Dillon dejó de sonreír.

—Es un poco aguafiestas, ¿no?

No esperé a que alguien respondiera.

—Mira, no quiero quitarle la sonrisa a nadie, pero estamos... estoy preocupada por Micah. No lo he visto en meses. Lo último que supe es que podría estar aquí en OB. Creo que está en problemas.

—¿Dónde han buscado?

—La playa, el muelle —dijo Tyler—. Escuchamos que no tiene un techo dónde quedarse.

Dillon asintió. Sacó un cigarro de su bolsillo trasero y lo encendió.

—No estoy muy seguro de en dónde ande. Está bastante jodido.

—¿Cómo? —preguntó Tyler.

—La última vez que lo vi, andaba viajadísimo, superparanoico. Según él lo andaban persiguiendo —apartó los ojos de mí—. Fue difícil, ¿sabes?, verlo así. Es un buen tipo, sólo que... no sé.

Por un momento pensé que tal vez Dillon hubiera mandado el correo electrónico, pero no me pareció ese tipo de persona.

—¿Alguien está detrás de él?

—Difícil decirlo. Esa porquería que se mete te revuelve la cabeza —hizo una pausa, dio una fumada rápida y exhaló agregando entre el humo—. Es un tipo decente. Sentí compasión de él.

Tyler miró para otro lado, se quitó el gorro y se pasó los dedos por el cabello.

—Bueno, ¿sabes dónde podríamos encontrarlo?

—No lo he visto por aquí últimamente, pero lo vi hace un par de semanas en Mission.

Mission Beach no quedaba lejos. Era la playa siguiente al norte de OB, pero definitivamente era una distancia considerable sin automóvil.

—No sé dónde esté, pero puedo ayudarlos a buscarlo. Si yo estuviera así, me gustaría saber que alguien me busca. Además, de todas maneras pensaba ir a Mission, así que si me quieren seguir, adelante. Tengo que pasar por mi tabla al taller. Estoy muy seguro de que los dueños conocen a Micah.

—¿Nos das un *ride*? —preguntó Tyler.

—Nos robaron el auto. Larga historia —dije antes de que Dillon pudiera preguntar.

—Claro. Vamos, el auto está en la cochera.

Dillon oprimió el botón de su llavero. Lentamente se abrió la puerta de la cochera para revelar dos vehículos. Uno era un Toyota blanco con un golpe en el frente. Le faltaba el espejo del lado del conductor. Me sentí aliviada cuando Dillon abrió la portezuela del otro auto. Viejo y negro, quizás un modelo de los sesenta. Sólo podría describirlo como absolutamente genial; la clase de vehículo que llenaría de orgullo a un fan del rockabilly. La pintura negra reflejaba mi rostro como espejo. Los asientos de piel parecían recién instalados. Ningún raspón o ralladura afeaba este auto. Tyler silbó.

—Una preciosidad, ¿qué no? —Dillon lo admiró unos segundos junto a nosotros.

—¿Es el auto de tu mamá? —pregunté.

—Sí. Es su lado más punk.

Comprendí por qué ella no había querido que su hijo se lo llevara.

—Adelante, súbanse.

Tyler abrió el lado del pasajero y se trepó atrás para que yo pudiera sentarme adelante. Me daba vergüenza sentarme junto a Dillon, pero sabía que Tyler lo hacía por consideración.

—Gracias.

—Nada que agradecer.

—Y dicen que ya no quedan caballeros —comentó Dillon y se colocó tras el volante de madera oscura. Metió reversa y salió lentamente de la cochera.

El motor rugió cuando aceleró. Instintivamente busqué algo de qué sujetarme, pero a pesar del ruido del motor, el auto parecía seda sobre el asfalto. Me relajé sobre el suave recubrimiento de piel del asiento.

Llegando al primer semáforo, Dillon oprimió un botón y el toldo del auto comenzó a plegarse exponiéndonos al sol. Pasó un brazo por detrás del asiento en el que yo iba y dejó colgar el otro por afuera. La gente en el crucero volteaba a ver el auto y capté que Dillon disfrutaba de la atención. Ofrecía una imagen interesante: un tipo pequeño y cuadrado con sombrero vaquero, playera y bermudas tras el volante de un auto clásico.

Cuando la luz se puso verde, Dillon volvió a acelerar el motor, que produjo un rumor ronco y gutural. Escuché que Tyler dijo algo detrás de mí, pero no lo escuché bien. Levantamos velocidad. El viento me levantaba el cabello y no pude dejar de sonreír mientras nos acercábamos a la playa. A la distancia podía ver el agua elevándose como un sol enorme frente a nosotros. Por un momento me olvidé de Micah. Pensé en viajar en ese auto siguiendo la costa hasta donde nos llevara.

* * *

Y nos llevó a la primera gasolinera.

Cuando nos detuvimos, Dillon me extendió la mano. Le di unos billetes.

—Ando entre trabajos —dijo y salió del auto para comprar gasolina.

—Yo pude haberlo pagado —dijo Tyler.

—Lo sé.

Pero yo no esperaba que Tyler pagara. Micah era mi hermano, mi responsabilidad.

Me relajé y miré mi reflejo en el espejo retrovisor. No estaba mal. Me mojé los dedos para aplacar algunos mechones. Revolví la mochila para sacar el filtro solar.

—¿Quieres? —le ofrecí el tubo a Tyler.

—No. Estoy bien. Es una de las ventajas de la piel oscura.

Y como prueba me mostró sus brazos bronceados y bien marcados. Turbada de nuevo, me concentré en aplicarme una capa de filtro solar en el rostro, brazos y piernas.

—¿Y qué con Dillon? —pregunté mirando hacia el establecimiento dónde Dillon pagaba la gasolina.

—¿Qué quieres decir?

—Se ve como…No sé —me quedé sin palabras porque realmente no sabía qué decir—. Es mayor que nosotros, ¿no?

—Sí… ¿y?

—Pues ¿a qué se dedica? ¿Va a la escuela? ¿Trabaja?

—Dillon es un ejemplar único. Se quedará en la escuela otros cinco años. No te preocupes por él.

Observé a Tyler unos momentos. Su mejilla izquierda no delataba el hoyuelo que se le hacía al sonreír.

—Debería llamarle a mamá e inventar un pretexto para llegar tarde. ¿Qué les dijiste a tus papás?

Tyler encogió los hombros.

—Tengo diecisiete años. ¿Qué van a hacer? ¿Castigarme sin salir?

Los míos sí lo harían, pensé. Comencé a escarbar la mochila olvidando que había dejado mi teléfono en el auto. Tyler se me adelantó y me ofreció el suyo.

—Sólo diles que pasarás la noche con una amiga.

—¿A qué hora crees que estemos de regreso? —marqué el celular de mamá.

—Más vale que te des suficiente margen —continuó él. Mientras, yo cruzaba los dedos para que me saltara el buzón de voz de mamá, pero no tuve tanta suerte.

—¿Hola? —contestó.

—Hola, ma.

—Ah, Rachel. No me registró tu número.

Alcancé a escuchar en el fondo los sonidos familiares de la oficina de mamá. Me encogí. Se me había olvidado el identificador de llamadas.

—Sí. Me quedé sin pila y tuve que usar el teléfono de Michelle.

—¿Cómo van las compras?

—Encontré unos zapatos —mentí con la facilidad que da la práctica—. Estaban de barata, sólo veinte dólares.

—Tú y tus zapatos. Hay que tirar los viejos que están acumulados en tu armario. Dame un segundo, Rach —pude escuchar cómo se dirigía a otra persona—. Ya. ¿Qué pasó?, dime.

—Quería pedirte permiso para dormir en casa de Michelle —le di un tono casual a mi voz, como si no me importara si me daba o no permiso.

—¿Hoy? ¿Qué no teníamos un compromiso?

—No.

—Espera. Sí: cena en casa de los Hammond.

Tranquila, me dije.

—Pues sí, pero los esperan a ustedes más que a mí…

—Acuérdate que estará su hijo, Jason. Sería amable de tu parte estar ahí por él.

—Mamá, tiene como diez años —no pude evitar mostrar irritación en mi voz.

—Si ya está por entrar al bachillerato.

Vaya diferencia, pensé. Pero intenté una táctica distinta.

—Pues, puedo llegar si realmente quieres que lo haga, pero la verdad tenía ganas de pasar más tiempo con Michelle antes de que se vaya de visita con su papá, eso es todo.

Cada verano Michelle visitaba a su papá un par de semanas en Michigan. Hubo una pausa en la línea. Mamá suspiró.

—Está bien. Puedes pasar la noche en su casa. Ya sé que extrañarás mucho a Michelle cuando se vaya.

—Gracias, ma —ella siempre cedía ante la culpa. Colgué.

—Ya casi te quedas sin batería —le dije a Tyler devolviéndole su teléfono.

—Eres muy buena —dijo él.

Sonreí, pero me sentí un poco mal por haber recurrido a las mentiras. Tal vez si no fuera tan buena para ocultar la verdad, no estaría aquí ahora. Tyler se hizo para adelante y se quitó las gafas oscuras.

—¿Qué quieres hacer? ¿Quieres ir? —su rostro quedó muy cerca del mío. Me eché para atrás en un movimiento reflejo.

—¿Ir adónde?

Dillon apareció del lado del pasajero del auto y sacó el despachador de gasolina de su lugar. Se recargó contra el auto mientras lo surtía de gasolina. Sus brazos se veían hinchados de músculos y tatuajes. Aunque me parece que la mayoría de las personas se ven ridículas con sombreros de vaquero, de algún modo a él le quedaba.

—Hey, niños —dijo él.

—Hey —le respondí con una sonrisa.

—La verdad no te pareces a Micah —me dijo asomándose por encima de sus gafas.

—Tienen el mismo color de ojos —dijo Tyler desde el asiento trasero.

—¿Ah, sí? ¿Café?

—Ambarinos.

Tyler tenía razón. Nuestros ojos tenían tonalidades rojizas. Mantuve la atención sobre Dillon, como si cualquiera pudiera notar la diferencia sutil entre los ojos café y ambarinos.

—¿Se llevaban mucho ustedes dos? —preguntó Dillon.

¿Llevarnos bien?, la pregunta resonó en mi mente. Defíneme bien. Yo lo odiaba, se había marchado sin despedirse.

—No nos decíamos todo.

—Tengo a un hermanito— dijo, y asintió. Como si eso lo explicara todo.

—Entonces, ¿a qué te dedicas Dillon? —le pregunté queriendo apartar la conversación del tema de Micah y yo.

—Pues estoy estudiando administración. Pienso graduarme el próximo año. En mi tiempo libre practico el surf. Soy Leo. Cualquier otra cosa es ultrasecreta y tendría que matarte si te la revelo.

Ignoré esto último.

—¿Y cuántos años tienes?

—Por fin legalmente adulto, nena. Veintiuno. ¿Y tú?

—Casi diecisiete. ¿Administración? ¿Qué rama?

—Finanzas.

—¿Con esta economía?

—El dinero hace girar el mundo.

—¿Por qué vives con tu mamá?

—Dos palabras: es gratis.

—¿Tienes novia?

—Tyler, ¡por favor, haz que pare!

Tyler comenzó a reírse. Yo no le veía la gracia. De verdad quería saber la clase de persona que era Dillon. ¿Era de esa gente que no tenían sustancia o había algo de valor dentro de él?

—Basta de preguntas. Yo no accedí a que se me torturara.

Terminó de usar el despachador. Entró al auto y se acomodó en el asiento del conductor.

—Vamos a ver si podemos encontrar a Micah.

La búsqueda de Micah había comenzado con un correo electrónico anónimo, pero también por una necesidad muy básica. Al principio yo necesitaba saber que estuviera bien, a salvo. No solamente por él, en parte era por culpa. Mi decisión de buscarlo no carecía de egoísmo. Micah era mi único hermano, sentía como si parte de mí estuviera por ahí, perdida y muy enferma. Quería destruir esa imagen suya sentado en el patio de la casa inyectándose cristal en las venas.

Sucedió una noche que llegué tarde a la casa. A Michelle y a mí se nos había ocurrido entrar a la última función de una película.

Me metí a escondidas por el cancel lateral y pensaba entrar por la puerta de atrás. Caminando de puntas por el sendero al patio, me paralicé cuando vi una silueta. Lo primero que pensé es que se trataba de papá, que había estado esperándome, pero el cuerpo sentado en la silla era mucho más esbelto. Casi susurré "Micah", pero algo en sus movimientos me hizo contenerme. Tenía la cabeza inclinada sobre su brazo y lo vi pincharse con una aguja sin inmutarse. No le tomó mucho tiempo, un par de segundos. Cuando terminó se recargó contra la silla y cerró los ojos. Esperé a que se moviera, pero no lo hizo. Estaba de viaje, perdió el sentido. Ni siquiera me escuchó pasar sigilosamente frente a él y entrar a casa.

Ya en la cocina me serví un vaso con agua. Me temblaban las manos. Derramé un poco del líquido en mi blusa cuando intenté beberlo. Estaba asustada. Más asustada de lo que jamás había estado. Al mismo tiempo me sentía enojada. Fue el coraje lo que me impidió decírselo a papá y mamá. Dejé a Micah afuera, drogado y crispándose, porque estaba furiosa de que me hubiera abandonado, de que hubiera decidido ir a un lugar donde jamás podría seguirlo.

Doce

En mi primer año de bachillerato tuve dos grandes momentos. El primero fue cuando gané un premio en la competencia a campo traviesa. El hecho de que apenas pudiéramos completar un equipo deportivo no le restó, en mi opinión, a la hazaña. El segundo fue durante la clase de historia universal. A la mitad del año, justo entre los cursos de primera y segunda guerra mundial, nuestro maestro decidió renunciar y mudarse a Milwaukee. En lugar de contratar a otro maestro, la escuela se fue a lo barato y nos consiguió a un maestro sustituto.

Lo primero en que se fijó todo el mundo fue en la barba espesa, hirsuta y roja del profesor Parnell, que lo hacía parecer montañés; una de esas barbas que uno sólo puede pensar en afeitar. Después de hablarnos un poco de su vida (como si nos interesara), confesó que enseñar a la siguiente generación era un grave deber. Recuerdo que ésas fueron sus exactas palabras: *grave deber*. Yo no conocía a nadie que hablara así fuera de los personajes de libros antiguos.

El segundo día nos dividió en equipos y nos enseñó a jugar Risk (ese juego de mesa en el que el objetivo es "dominar al mundo"). Lo seguimos jugando todos los días hasta el final del año. Al principio nos pareció bastante genial, pero después me aburrió pasar mis días queriendo dominar al mundo. Ninguno de nosotros hablamos al respecto con otros maestros o nuestros papás porque el profesor Parnell nunca dejaba tarea; además, no queríamos que nos tildaran de chismosos.

Pues resulta, sin embargo, que sí aprendí algunos datos interesantes. Después de todo, se trataba de un experto en historia de la segunda guerra mundial.

Un día, justo cuando me preparaba para sitiar Francia por tercera ocasión, el profesor Parnell dijo algo que llamó mi atención. Todavía estábamos en las primeras etapas de la adicción de Micah, cuando mis papás todavía no sabían y yo trataba de convencerme de que todo iba bien con él.

—¿Cuántos de ustedes han oído hablar de los cristales de metanfetamina?

Hice como que estudiaba un mapa del mundo, aunque después de semanas de jugar me lo sabía de memoria. En esa clase, al menos aprendí geografía. Unos cuantos levantaron desganadamente las manos.

—Apuesto a que no saben cuánta se usó en la segunda guerra mundial. Se administraron variaciones de esa droga tanto a los soldados aliados como a las milicias de las potencias del eje para ayudarles a sobrellevar la fatiga. Los soldados, que tenían que quedarse despiertos noches enteras o durante varios días, consumían la droga. Supuestamente, los kamikaze japoneses tomaban cristal justo antes de salir a sus misiones suicidas.

Yo tenía la idea de que los kamikaze obedecían más a un código de honor, pero me ahorré el comentario. Aplasté entre los dedos a uno de mis diminutos soldados morados de infantería.

—¿Qué no los ponía mal? —preguntó Ron detrás de mí.

—Claro que sí. Los soldados regresaban a casa completamente trastornados. Con decirles que hasta Hitler la consumió.

—¡Nah! —exclamó Ron.

—Sí. Era sumamente hipocondríaco.

—¿Y eso qué es? —me preguntó Mike al oído.

Alguien que se cree enfermo todo el tiempo, tonto, pensé, y encogí los hombros.

—Él siempre pensaba que le iba a dar algo. Creía que hasta el aire limpio le transmitiría gérmenes. Tomaba toda clase de medicamentos. Se cree que su matasanos de cabecera le administraba diariamente una droga contra los síntomas del Parkinson. La metanfetamina se consideró una superdroga porque daba energía y aumentaba el brío.

Hitler, consumidor de cristal. Como que le daba a uno cierta perspectiva.

—Pero... ¿la meta te puede... te puede matar, ¿no? —preguntó Keisha.

—A la larga. Miren, se ha usado para tratar toda clase de males como la narcolepsia y la obesidad. Hasta se usa como anticongestivo en la Benzedrina. Por ley, las compañías farmacéuticas ahora comercializan la sustancia con el nombre Desoxyn, que se prescribe para el trastorno por déficit de atención con hiperactividad, TDAH.

De un solo movimiento, todas las cabezas viraron hacia Justin. Se le había diagnosticado TDAH desde el tercer grado. Tenía que ir a la enfermería todos los días después del almuerzo para que lo medicaran. Siempre regresaba supertranquilo. De inmediato levantó las manos.

—¡Yo no consumo meta!

—¿Seguro? Más vale que leas lo que te están metiendo los doctores —el profesor Parnell dijo riéndose. Justin se enfureció todavía más.

—Sólo bromeaba.

Me tocaba a mí tirar los dados. Miré hacia el tablero de juego. Me debatía entre atacar o no. Decidí ganar tiempo.

—Fuera de broma, el cristal es cosa seria. No quiero enterarme de que alguno de ustedes se mete con ella —de vez en cuando, el profesor Parnell adoptaba un tono bastante paternal—. Joderá todo lo que aman, los convertirá en sus esclavos y luego los matará.

Haber pronunciado semejante palabra en clase realmente solidificó su mensaje y el hecho de que había querido identificarse con nosotros. La clase quedó en silencio, y por poco tuvimos un momento significativo. Hasta que Ron abrió su bocota:

—¡Awwwwwwwwy! Nos quiere. ¡*Deveritas, deveritas* que nos quiere!

Todos soltaron la carcajada. El profesor Parnell se turbó y nos ordenó que regresáramos a dominar al mundo.

Irónico, ¿no?, que hubiéramos pasado todos los días ideando maneras distintas de matarnos y aniquilarnos mutuamente, y que él nos hubiera recomendado que nos cuidáramos mucho. Sentí lástima por todos los hombrecitos de plástico en el tablero cuando los imaginé hasta la coronilla de cristal. Puse la cabeza sobre la mesa y di por terminada la batalla del día. El profesor ni lo notó.

Nunca pensé mucho en la muerte, aunque casi muero en secundaria. Había llovido durante días. Al primer signo de sol, Micah y yo sacamos las bicicletas para dar la vuelta. El clima se sentía fresco y con un poco de viento. Las nubes grandes y grises colgaban bajo y se columpiaban sobre nosotros como ropa tendida para secarse. El sol se asomaba unos cuantos momentos a la vez antes de volver a ocultarse. Pasamos frente a la casa club, la escuela y de ahí nos fuimos a los caminos de tierra.

Tuve que pedalear rápidamente para mantenerme junto a Micah porque si me quedaba atrás el lodo que salía volando de las llantas de su bici me pegaría en el rostro. Todo el camino se había convertido en un gigantesco lodazal con pequeños estanques de arena movediza y charquitos de agua sucia. Para cuando llegamos a los tubos de drenaje, mis jeans estaban repletos de barro.

Los dos tubos de concreto corrían por debajo de un camino principal y se conectaban a un canal de concreto para el agua. Ese día todo se hallaba desierto. Generalmente se encontraba uno a un grupo de muchachos ahí reunidos para jugar y platicar, sobre todo en el verano. Con toda la lluvia había un chorro constante de agua que se vaciaba en un canal de tierra.

Dejamos las bicicletas sobre la colina y corrimos hasta los drenajes. Tuve cuidado de evitar el agua. Micah en cambio se fue salpicando por todas partes.

—¡Holaaaa! —gritó a la oscuridad dentro del tubo de drenaje.

—¡Hola! —le contestó una voz débil. Micah entró sin tener que agachar la cabeza.

—¿Adónde vas?

—Al otro lado. Ven. Quiero ver cuánta agua lleva el río.

Lo que llamábamos río, en realidad era un canal artificial donde se juntaba toda el agua en la temporada de lluvias. A veces subía bastante el nivel, pero la mayor parte del tiempo estaba totalmente seco y los muchachos del barrio lo usaban para patinar.

Sabía que no deberíamos jugar en los tubos de drenaje. Mamá siempre nos lo advertía, pero yo no recordaba por qué, así que seguí a Micah.

Caminé detrás de él con un pie a cada lado de la corriente en el túnel. Ya lo habíamos hecho antes, pero nunca con tanta agua. Los nubarrones en el cielo lo tornaban más oscuro de lo normal. En esos momentos hubiera querido que lleváramos linternas. Me atemorizaba encontrarme con bichos o arañas.

—Se supone que esto es peligroso, ¿no?

—Mira, ya casi llegamos al final —Micah señaló una rendija de luz frente a él.

Escuché cómo pasaba un par de autos encima de nosotros. El sonido se proyectaba en el drenaje. Imaginé a un auto cayendo por un boquete que se abría de repente.

A medio camino por el túnel escuché otro ruido, como el rugido de un temblor. Al principio pensé que era un terremoto y me apoyé contra una de las paredes. Luego Micah gritó.

—¡Corre!

Pasó a un lado mío como bala regresando por donde habíamos entrado. Yo también me di vuelta, pero antes vi cómo se nos venía encima el agua.

El ruido en el interior del túnel era tan fuerte que sentí que me penetraba el cerebro y palpitaba junto a mi corazón acelerado. Me resbalé y caí. Cuando me levanté tenía un dolor agudo en el tobillo izquierdo que me llegaba a la espalda. Tropecé de nuevo.

—¡Micah! —grité.

El agua corría demasiado rápido. Sabía que no me escaparía. Sentí como si un ladrillo frío y mojado me hubiera golpeado las pantorrillas tumbándome. No podía levantarme. El agua me empujó junto con tres ramas de árbol, vasos de papel, latas y lodo. Mis brazos y piernas revoloteaban para todos lados en busca de algo a qué aferrarme. Grité pero el ruido del agua ahogó mi voz. El agua se fue espesando de lodo. Se me estaba haciendo imposible mantener la cabeza fuera del agua. Algo me raspó el costado y me lanzó contra la pared. Me hundí. En medio de un acceso de tos luché para salir con todas mis fuerzas. A punto de volver a hundirme, alguien me tomó de la muñeca y me sostuvo mientras pasaba el agua y la basura. Casi tan rápidamente como había llegado, el muro de agua desapareció.

Levanté los ojos y vi a Micah.

—¿Estás bien? —preguntó.

—Sí —comencé a toser muy fuerte y vomité.

Micah saltó desde la escalera metálica adherida a la pared del drenaje que había escalado para salvarse de la inundación.

—Ven. Sube.

Se agachó y me levantó sobre su espalda para cargarme y sacarme del túnel. Una vez fuera me bajó con cuidado al camino y me limpió el rostro con sus manos y camisa manchadas. El tobillo me punzaba y no lo podía apoyar. Comencé a llorar. No pude evitarlo.

—Tranquila, Rach.

—Me duele mi pie.

—Déjame ver.

Micah se puso en cuclillas y me levantó el pantalón. Tocó mi tobillo.

—¡No! ¡Duele!

—Lo tienes bastante hinchado.

Comencé a temblar de dolor y frío.

—Debería treparme a la bici para ir por mamá.

—No me dejes aquí. ¿Qué tal si vuelve a pasar? —no me sentía segura cerca de ahí.

—¿Puedes andar en bici?

—No lo creo.

Micah subió por la colina hasta donde estaban nuestras bicicletas. Las encadenó juntas y las aseguró. Luego bajó por mí. Los dos estábamos mojados y manchados de lodo. Volvió a agacharse frente a mí.

—Súbete.

—¿Me vas a cargar?

—No queda tan lejos.

Yo sabía que la casa quedaba a cuando menos un kilómetro de distancia, pero me trepé a la espalda de Micah y me abracé a su cuello. Él era más grande que yo, pero no por mucho, así que yo sabía que le costaría trabajo cargarme hasta allá, aunque él no se quejó.

—Mamá nos va a matar, primero a mí y luego a ti —le dije.

—Nah. Le diremos que te caíste de la bici.

—¿Cómo?

—La llanta de atrás resbaló en el lodo, giró y luego todo se volteó. Yo me caí ayudándote a levantar.

—Sí, por eso nos ensuciamos tanto.

—Mientras ella te revisa el tobillo, yo regresaré por las bicis. Nunca se enterará.

—¿Crees que me lo haya roto?

—Tal vez un esguince.

La respiración de Micah se atropelló mientras me cargaba. Traté de no moverme para facilitarle las cosas y descansé mi cabeza sobre su hombro.

—Gracias por salvarme la vida.

—Para eso son los hermanos mayores.

—Si hubieras sido tú, yo no hubiera aguantado tanto tiempo —y era cierto. Jamás hubiera podido sacarlo.

—Cierto, probablemente ya estaría muerto —trató de reír, pero no le alcanzó el aire—. ¡Claro que no! Hubieras buscado la forma de hacerlo. De haber estado en dificultad, sé que me habrías salvado.

Trece

Mission Beach, otra de las playas en el condado de San Diego, ocupa un tramo de arena bordeando el océano Pacífico. Entre las playas de Ocean y Mission se interrumpe la costa para dar paso al agua que se vacía en la bahía. La única manera de llegar a la playa era seguir en auto tierra adentro y luego atravesar el largo puente que conectaba con ella. El mapa se veía confuso y observar a Dillon navegar los caminos tampoco aclaraba nada, pero no importaba. A mí me tranquilizaba avanzar.

Una vez que pasamos el puente vimos cómo la bahía entraba y salía de tierra firme. Los hoteles ocupaban puntos privilegiados sobre la arena y todo el paisaje se veía salpicado de parques verdes con sus bancas para picnic. Había niños jugando en los columpios de madera y en los atracaderos se alzaban las velas blancas de los barcos ahí amarrados.

Cerré los ojos y levanté el rostro hacia el sol. Clima perfecto. Si Michelle estuviera conmigo hubiera dicho que el día estaba delicioso. Ella usaba mucho esa palabra, *delicioso*. Para ella todo era delicioso. Yo había probado la palabra, pero en mis labios no se escuchaba tan bien.

Big Dipper, una de las montañas rusas más antiguas en la costa, se levantó frente a nosotros en una intersección. Se veía tambaleante. Por un momento imaginé a los autos saliendo disparados de la vía y cayendo al suelo. Los pasajeros morirían gritando presas de una oleada de adrenalina. No estaría mal irse así, supongo, entre un grupo personas, algunas de ellas amigas. Mi bisabuela murió hace un año. Estaba anciana, sola y metida en un oscuro cuarto de hospital que olía a antiséptico y orines.

Los gritos distantes de la gente en la montaña rusa me dieron ganas de saltar del vehículo e ir a divertirme, desaparecer entre la muchedumbre. En eso el semáforo se puso verde y Dillon volvió a acelerar haciendo voltear las cabezas y viró a la derecha. Se estacionó frente a una tienda llamada 360 Surf.

Sonaron campanas cuando atravesamos la puerta. Contra las paredes había pilas de toda clase de implementos para la playa y tablas para surf. Del lado izquierdo había una hilera de patinetas con su respectiva parafernalia; en el otro pasillo, ropa y trajes de neopreno. Nos saludó un hombre con cabello rubio desteñido por el sol que llevaba bermudas para agua y una playera.

—¡Hey, Dillon, hermano!

Intercambiaron abrazos de hombre y saludo de manos.

—Hey, Reeves. Te presento a mis amigos: Tyler y Rachel.

—Hola —dijo saludando de mano a Tyler y luego a mí—. ¿Vienes por tu tabla?

—¿Ya está?

—Como nueva. Voy por ella —caminó a la trastienda y desapareció tras una cortina.

—Reeves está en regla —dijo Dillon, como si yo estuviera esperando alguna declaración—. Él y su hermano son los dueños del lugar.

Tyler se acercó a un aparador con sombreros y comenzó a probárselos. Me hizo una mueca graciosa cuando se puso una gorra de esquiar rosa con copos blancos, y orejeras que se amarraban debajo del mentón. Me pasó un gorrito de lana con calaveras. Me lo probé.

—No te queda.

—¿No? —pregunté—. Pues lo que llevas tú parece haber sido hecho a tu medida.

—¡Sí, cómo no! —se rio—. Se quitó el gorro para esquiar y se probó una de béisbol. Yo regresé el gorrito y me puse un sombrero de ala ancha para sol.

Poco después Reeves regresó con una tabla para surf y otro hombre idéntico a él. Los dos le mostraron la tabla a Dillon, quien le pasó las manos por los bordes.

—Se ve excelente. Hola, Spencer.

—Dillon —dijo Spencer inclinando la cabeza hacia nosotros.

—Te lo dije. ¿Algo más que necesites? —preguntó Reeves.

—Pues sí, mira. Ando buscando información.

—Venga, dime.

—¿Conoces a un chico llamado Micah Stevens?

—Claro, claro. El guitarrista.

—Ella es su hermana. Lo anda buscando.

Reeves y Spencer me miraron con esa expresión triste a la que me estaba acostumbrando.

—Vino a la tienda, ¿qué será? ¿Hace un par de semanas?

—Así parece —apoyó Spencer.

Parecía que siempre íbamos dos semanas atrás de Micah. Demasiado tarde de nuevo.

—Quería saber si le prestaba un dinero. Sé que no debí hacerlo, pero me sentí mal por el muchacho. No se veía bien —Reeves volvió a mirarme con tristeza.

—Le di cincuenta dólares. Él nunca había pedido dinero antes. No es esa clase de gente, ¿sabes? No es abusivo ni nada por el estilo. No lo he visto desde entonces.

Me parecía raro escucharlos hablar de Micah como si realmente lo conocieran. Para mí su versión de Micah nunca había existido antes de hoy. El Micah de ellos no parecía real.

—¿Dijo para qué necesitaba el dinero? —preguntó Tyler.

Reeves negó con la cabeza.

—Para droga, ¿verdad? —dije.

—Quizá —dijo Spencer evitando mirarme a los ojos.

—Puedes hablar libremente. Es su hermano —dijo Tyler—. Vinimos hasta acá a buscarlo.

Reeves comenzó a hablar lentamente, como si cada palabra tuviera su valor.

—Yo ya llevo dos años limpio. Micah realmente no nos pidió nuestra opinión, pero se la dimos. Más allá de eso no podía yo hacer nada.

—De vez en cuando venía con la guitarra al hombro, nos enseñaba alguna canción nueva en la que estaba trabajando. Eran buenas —agregó Spencer.

—¿Les platicó que se marchó de casa? ¿Qué ni graduarse pudo? —pregunté.

—No —contestó Reeves—. Micah es un buen tipo. Simpático, talentoso, pero se metió en un juego peligroso.

—Nadie comienza por vender —dijo Spencer—. Simplemente pasa. Necesitas el cristal, la coca, lo que sea, más que cualquier otra cosa. Y luego caes en el círculo.

—¿Vender?

Todos se me quedaron mirando; esta vez con compasión, menos Tyler, que bajó la mirada.

—Lo siento, linda —dijo Reeves—. Pensé que lo sabías.

—¿Tú lo sabías? —le pregunté a Tyler, quien me miró.

—Sí.

Sentí que me habían golpeado en el estómago.

—Continúa —le dije a Reeves.

—Eso es todo. Fin de la historia.

—¿Qué significa eso de vender? ¿Hay *dealers* con los que podríamos ir, u otros chicos como él que venden? ¿Quién lo surte? Tal vez ellos sepan dónde está.

—Tranqui —dijo Dillon—. Uno no se acerca a un *dealer* así como si nada para decirle: "Disculpe, señor, pero necesitamos una lista actualizada con el nombre y la dirección de sus contactos".

—¿Y por qué no?

—No es como que lo vayan anunciando por el mundo. Todo es por debajo del agua. Además, ahora la droga viene desde México —dijo Dillon.

—O de la basura blanca del desierto —agregó Spencer.

—Esta gente no es parte de las pandillitas de la calle —Dillon se inclinó hacia adelante para darle más efecto a sus palabras—. Si te metes con ellos, estás frito. Terminas en un tonel de plástico al que rocían gasolina y encienden.

—Basta. Ya estuvo bueno, Dillon —dijo Tyler.

—Entonces, ¿me estás diciendo que Micah se enrolló con una pandilla de mexicanos?

Recordé vagamente reportajes en las noticias sobre las guerras entre los cárteles de drogas en México y cerca de la frontera con Estados Unidos. Me parecía imposible que Micah pudiera estar conectado de algún modo.

—No, ¡claro que no! —dijo Reeves—. Estaba vendiendo. Es todo lo que sé.

—Tu hermano trae broncas serias —dijo Spencer, abonando una frase más a lo obvio—. No hay vuelta de hoja.

Trae broncas serias, de las que no puedes zafarte tan fácilmente. Ya sabes de qué hablo, de cosas muy cabronas de las que sales jodido o... Las palabras del correo me rebotaron en la mente. Pensé en lo que seguía después de los puntos suspensivos.

—¿Cómo sabes que andaba de *dealer*?

—Son cosas que se saben.

Había pensado que no podían ponerse peores las cosas para Micah, pero en cuestión de segundos había pasado de adicto a traficante. La cabeza me daba vueltas de pensar en las implicaciones. Arresto. Tiempo en la cárcel. Lo vi sentado detrás del cristal alcanzando el teléfono para que pudiéramos hablar durante las horas de visita. Bueno, así al menos sabría bajo qué techo dormía.

—¿Qué tal que fuera su hermano? —yo quería ponerlos en mi lugar, que entendieran que Micah no era el típico drama. Que tenía familia y gente a la que les importaba, gente que no le permitiría destruir su vida.

—Está en una situación mala —dijo Reeves—. Probablemente tenga que pasar por algunas cosas para poder salir del otro lado. Ya sé que es difícil. Apesta y es duro para las familias, pero necesita rendirse, ¿sabes? Tratar de dejar de controlar lo que sucede. Aprender que hay un poder superior y un propósito en la vida.

Reconocí el lenguaje de los Doce pasos a la recuperación que le habían enseñado a Micah en rehabilitación. Había aprendido de memoria los pasos del panfleto que ahora permanecía en un cajón junto a mi cama.

—¿Fuiste alcohólico? —pregunté—. Dijiste que estabas limpio.

—Soy adicto al sexo. Es un poco distinto, pero los fundamentos de la adicción son los mismos.

—Es una broma, ¿cierto? —pero Reeves se veía tan serio que yo hubiera querido borrar mi pregunta.

—Casi le cuesta el matrimonio —dijo Spencer—. Mira, lo más duro es que al final no se trata de ti en realidad. Se trata de hacerte a un lado para que Micah se pueda encontrar a sí mismo.

Me daban ganas de golpear a Spencer y a Reeves en el rostro. Se comportaban como si ellos, después de unos cuantos meses, conocieran a Micah mejor que yo, su hermana, su propia sangre. No tenían idea de lo que él le había hecho pasar a nuestra familia. No tenían idea de lo que me había hecho pasar a mí. Mi dolor era de verdad y tenía todo que ver conmigo.

—Gracias por explicarme tan claramente mi lugar en el universo —di media vuelta y me dirigí a la puerta.

—Rachel… —comenzó Tyler.

—No —ni siquiera me volteé. Detuve a Tyler con la mano—. No te permito decir nada.

Traté de dar un portazo cuando salí, pero la puerta tenía algún freno, así que se cerró lentamente sonando las campanas. De pie sobre la acera miré para un lado: filas y filas de casas. Del otro lado quedaba la montaña rusa. Me enfilé hacia los gritos. Me quedaba claro que estaba reaccionando exageradamente a su evaluación de Micah, pero necesitaba salir de allí.

Unos minutos después se estacionó junto a mí el auto de Dillon.

—¿Adónde vas? —preguntó Tyler.

Por el rabillo del ojo lo vi con medio cuerpo fuera del asiento trasero apoyándose con los brazos sobre la portezuela. Lo ignoré.

—Vamos, Rachel.

Seguí caminando.

—Mira, te puedes enojar conmigo todo lo que quieras, pero no voy a dejar que te vayas sola por aquí. Eso tampoco nos va a ayudar a encontrarlo.

Se abrió y cerró la portezuela del auto, pero yo mantuve la vista al frente. Dillon aceleró. Tyler de pronto caminaba a mi lado, siguiéndole el paso a mi silencio. Él me había decepcionado. Me preguntaba qué otras cosas me habría ocultado.

—¿Crees que todo esto es una broma?

—¿Cómo? ¡No! ¿Cómo puedes decir eso?

—Me traes para acá con engaños, para ver mi reacción.

—Rachel, yo no conocía a estos tipos.

Me detuve y lo miré de frente.

—¿Por qué viniste?

Tyler se veía enojado, como en el muelle.

—Porque me lo pediste. ¿Recuerdas?

—Tú sabías que Micah vendía, y no me lo dijiste. ¿¡Por qué!?

—Me enteré hace un par de meses —dijo, bajando la voz—. Antes de que se fuera. Me dijo que lo tenía resuelto. Que lo iba a dejar. Debí habértelo dicho, pero no quería preocuparte más de lo que ya estabas. Le prometí que mantendría la boca cerrada, ¿vale? Eso tiene que contar, ¿entiendes? No podía traicionarlo.

Pero eres de quien más habla. Y eso cuenta, ¿no? Miré a Tyler confundida. ¿Sería él quien había mandado el correo? Tyler sacó un cigarro. Esta vez le hice la seña de que quería uno. Me lo dio sin preguntas ni comentarios.

A veces Micah y yo compartíamos un cigarro sentados en el techo de la casa en la noche. Nos lo pasábamos de aquí para allá como si fueran oraciones en una charla. A la distancia seguramente se veía como una pequeña luciérnaga volando de un lado al otro. Yo siempre le dejaba la última fumada. Cuando él terminaba, lanzaba la colilla al patio de nuestros vecinos. Ellos odiaban que lo hiciéramos pero a nosotros nos tenía sin cuidado. Ellos tenían por mascota a un condenado perrito que ladraba todas las mañanas al despuntar el sol, como si fuera un gallo. Llenar su jardín de colillas era nuestra venganza.

Me puse el cigarro entre los labios. Tyler se acercó y lo encendió. Inhalé y la punta se iluminó. Disfruté el sabor del humo en mi boca.

—Alguien ha estado guardando secretos —dijo.

—No duermes conmigo —dije, y oculté el cigarro tras mi mano sujetándolo con el pulgar y el dedo medio.

—Ya veo —me miró con seriedad, como si fuera a preguntarme algo y luego se arrepintiera. Se quedó callado.

Esperamos en la esquina a que el semáforo se pusiera verde. Me colgué la mochila en un solo hombro y dejé que mi brazo libre abrazara mi pecho. Vi cómo se formaba la familiar ceniza en la punta del cigarro y me esperé hasta el último segundo para tirarla.

—Déjame ayudarte con eso —dijo Tyler alcanzando mi mochila. Se la di.

—¿Cuántos años tenías cuando comenzaste? —le pregunté a Tyler.

Luz verde. Seguimos caminando.

—Quinto año — dijo sin titubeos.

—¿Quinto?, ajá.

—Es cierto. Un día Mark Carter le robó una cajetilla a su papá y la llevó a casa. Nos sentíamos la gran cosa fumando en mi recámara —se rio—. Ni siquiera sabíamos hacerlo. Luego oímos que se abría la puerta de enfrente, mamá había llegado. Entramos en pánico. Abrimos la ventana, encendimos el ventilador y escondimos los cigarros encendidos en el techo. Qué idiotas, pudimos haber incendiado la casa. Mamá entró a la habitación, dijo que percibía un olor extraño, así que me adelante en confesarle que habíamos quemado unas palomitas de maíz. Dado que no había palomitas a la vista, mamá envió a Mark a casa. Esa noche papá me hizo fumar media cajetilla sin quitarme los ojos de encima.

—Terrible.

—Devolví el estómago. Me dijo que la próxima vez que quisiera fumar, recordara aquel sentimiento.

—Mala táctica.

—Exacto. Pero ya no me vi tan idiota como para fumarme la cajetilla entera de una sentada, ni dentro de la casa.

Por mi parte, mi gusto por el tabaco había repuntado tras la ruptura con Keith, y luego cuando se fue Micah. Fumaba en mi cuarto tarde en la noche, junto a la ventana abierta, claro. Aunque al pensar en la anécdota de Tyler, me preguntaba si mis papás ya sabrían pero habían decidido no enfrentarlo.

Me detuve y puse mi mano sobre el pecho de Tyler para que no avanzara.

—Vale. ¿Es todo? ¿Ya no te guardas nada?

—¿Qué significa eso de *todo*?

—Todo sobre Micah. ¿Ya no me ocultas nada?

Él inclinó la cabeza. Se le formó una pequeña sonrisa,

—No más secretos.

—No más secretos —repetí—. Promételo.

Levanté mi dedo meñique para sellar la promesa. Tyler no se burló. Cruzó su corazón con el dedo y extendió su dedo. Lo tomé con el mío y los enlazamos. Fue un buen gesto de nuestra parte, pero yo sabía que ninguno de los dos podía prometer algo así. Ningún ser humano puede.

Catorce

Cuando Micah entró al programa de rehabilitación, la gente del lugar les dio a mis papás una copia de los Doce pasos a la recuperación. Se suponía que Micah "trabajaría" los pasos, y hasta donde yo podía ver, la idea era que él evaluara su propia vida con sinceridad.

Los pasos me sorprendieron. En el primero tenías que reconocer que estabas fuera de control por las drogas o la adicción, que no podías ir por la vida sin ayuda. El tercer paso te revelaba que la ayuda te llegaría entregando tu vida a un poder superior, o lo que fuera tu concepto de Dios.

Los pasos hablaban de carácter, humildad y fe. Yo me había esperado algo más psicológico y científico, no este despertar espiritual. Me preguntaba si Micah realmente se tragaba algo de eso. Él nunca había mencionado un poder superior o a Dios. No pienso que creyera en algo que no fuese su música.

El paso dos te decía que creer en un poder superior te podía devolver la cordura. Eso podía entenderlo porque Micah realmente había perdido la razón. Era la única manera en que podía digerirlo. Si lo piensas, la mayoría de la gente sufre de alguna clase de locura en algún momento de sus vidas. Me reconfortaba pensar que había un Dios o algo superior que pudiera jalarte de regreso, que te pudiera regresar a la normalidad, cualquiera que ésta fuera.

Nunca hablé de ello, pero una vez de verdad me pareció sentir a Dios. Fue un verano que me fui de campamento con Michelle y su familia a los Sequoia, donde no había nada que no fueran kilómetros de árboles enormes, ríos y cascadas. Acampamos al lado de un riachuelo bordeado de unas piedras enormes y redondas. Levantamos dos tiendas, una para los papás de Michelle y su hermanito, y otra para ella y yo.

La primera noche asamos alambres de pollo en la fogata. También doramos malvaviscos e hicimos sándwiches de galleta con bombón de chocolate. Los papás de Michelle siempre echaban la casa por la ventana. Hicieron todo como si siguieran un instructivo, como si hubieran tomado una clase para hacer campamentos. Hasta nos contaron historias de fantasmas alrededor de la fogata; algo sobre un auto y marcas de manos en la ventanilla nublada de vaho. Yo no me la creí porque ya la había escuchado antes, pero les di un Sobresaliente por el esfuerzo.

Esa noche, ya que todos estaban dormidos en las tiendas, escuché que afuera se arrastraban unos pies. Me helé en la bolsa de dormir pensando que sería un oso. Traté de recordar lo que advertía al respecto el panfleto que el papá de Michelle había recogido en la estación del guardabosque. Creo que instaba a mover los brazos y hacer mucho ruido para ahuyentarlos. No recordaba en absoluto qué hacer si se acercaban a la tienda. Me quedé muy quieta intentando no hacer ruido con mi respiración. Michelle roncaba muy quedo. Por un lado de la tienda vi una silueta iluminada por la luna. Se acercó a la fogata. Yo estaba convencida de que era un oso mediano, aunque pudo haber sido un venado o un mapache, o hasta una ardilla muy grande. Las pisadas le dieron toda la vuelta a nuestra tienda y luego se alejaron. Tenía tanto miedo que no podía abrir la tienda para echar un vistazo. Me costó trabajo dormir el resto de la noche. En cuanto entró luz en la tienda, salí de la bolsa para dormir y me puse los zapatos para correr sobre los calcetines con los que me había metido a dormir.

El aire fresco me acarició el rostro cuando salí de la tienda. Me abroché la sudadera, me puse la capucha en la cabeza y comencé a trotar siguiendo el borde del río. Me encantaba correr muy temprano. Había algo especial en levantarte primero, algo mágico en contemplar el mundo mientras éste abría los ojos. Todo se veía limpio, diáfano y lleno de posibilidades.

Dos de las rocas se juntaban sobre el río y formaban un puente angosto. Lo salté. Mis pies apenas tocaron las piedras lisas y mojadas. Ya del otro lado, me aparté de la corriente y me aventuré a las profundidades del bosque. Muy pronto me vi rodeada por árboles altísimos.

Encontré lo que parecía un sendero angosto y lo seguí. Mis pies apenas hacían ruido sobre el suelo del bosque acolchado por años de hojas en descomposición. Adelante vi una especie de colina y decidí que ésa sería la meta. Como no estaba acostumbrada a la altura del lugar, comencé a respirar con fuerza. Me oía como una de esas actrices de películas de horror cuando son acechadas por el bosque.

Llegué hasta arriba de la colina y me empiné. Mis manos cayeron a mis rodillas y apoyé el resto de mi cuerpo. Vi cómo subía mi aliento en bocanadas pequeñas de vaho por el frío de la mañana. Cuando miré hacia abajo vi que el sendero llevaba a un campo de césped verde y profundo. Yo no había visto un terreno así en las montañas. Me intrigó. Bajé hasta allí.

Rodeado de árboles, el claro, como el resto del bosque, era fresco y sombreado. Se colaban entre las ramas y los troncos suaves rayos de luz. Metí la mano en uno y hasta sentí calor. En un punto se incorporaba un riachuelo diminuto, que quién sabe de dónde venía. Caminé hasta donde pude sin mojarme los zapatos y luego me quedé quieta.

Como todavía era muy temprano, o tal vez porque al fin ponía atención, se me despertaron los sentidos. Pequeñas libélulas azules cruzaban el césped. Junto a un árbol caído se juntaban los mosquitos, que luego abandonaron el lugar en un enjambre enorme.

Cerré los ojos y sentí que no estaba sola. Los abrí, pero sólo vi árboles, césped y agua enlodada. Pero podía sentir aquella presencia, así que cerré los ojos una vez más. Por atrás de mí comenzó a soplar un viento ligero. Lo escuché jugueteando entre las hojas, moviéndose lentamente. Luego comenzó a agitar el césped. La brisa se me acercó y movió mi cabello. Unas manos pequeñas e invisibles se apoyaron cuidadosamente en mi rostro, como no queriendo dejar una marca. Entonces la brisa me rebasó, levantando vuelo. Al abrir los ojos vi que el césped se mecía frente a mí. El enjambre de mosquitos tembló y zumbó. Los árboles parecieron abrir sus ramas para abrazar el viento. Se agitaron y luego todo quedó en silencio.

Sentí que me hallaba en un lugar santo, como si así debiera sentirme en una catedral. No se lo platiqué a Michelle cuando regresé al campamento. Aquel momento había sido mi obsequio privado.

A partir de ese campamento comencé a sentir las cosas antes de que sucedieran. Como la noche que Michelle estampó el auto de Kim. Regresábamos tarde de la casa de una amiga y ni siquiera íbamos rápido, pero el vehículo comenzó a coletear y Michelle perdió el control. Le pegamos al bordo de la acera y rodamos tres veces. Lo recuerdo en cámara lenta. Por alguna razón supe que no nos pasaría nada, así que me quedé totalmente calmada cuando el auto por fin dejó de derrapar sobre su techo.

Una certeza similar se presentó después de que Micah terminara el programa de rehabilitación: una semana después supe que se estaba metiendo algo de nuevo. Tampoco es que se necesitara ser adivino. Lo había escuchado nuevamente, muy tarde en la noche, a través del otro lado del muro.

Mis papás deseaban con tanta vehemencia creer que había cambiado, que rectificaría el camino… Pero el mismo día en que regresó a casa lo vi en sus ojos. Él no estaba listo para dejarlo. Conociendo los pasos de la lista, creo que ni siquiera los había comenzado: no había cedido el control; no había admitido que hacía tiempo que lo había perdido. Para él la rehabilitación no fue más que un requisito obligatorio de su minoría de edad, una orden de papá y mamá. Yo no sabía otra cosa del programa salvo que era como un campo militar de disciplina muy costoso. Escuché a mis papás discutir entre murmullos sobre ello. El seguro únicamente cubría situaciones médicas mayores, como contagiarse de influenza o sufrir cáncer en los huesos. Imagino que los del seguro no consideraban la adicción a las drogas un padecimiento grave.

Me encontré los Doce pasos en línea y me imprimí una copia. Los llamé los Pasos de Micah. Escondí la hoja en el cajón de mi tocador, el mismo donde después guardaría el correo anónimo. Por las noches tenía mi pequeño ritual: sacaba la lista, la desdoblaba, la extendía frente a mí y la leía antes de irme a dormir. Pude recitar los Doce pasos de memoria al poco tiempo. Susurraba las palabras para que nadie en la casa me escuchara si pasaba frente a mi puerta.

Recitar los pasos me recordaba a mamá cuando yo era muy pequeña. Me hacía repetir una plegaria, una de las pocas que ella recordaba de su propia niñez. Iba así:

Ahora que me acuesto a dormir,
ruego al Señor mi alma resguarde.
Si no despertara y llegara a morir,
ruego al Señor en su gloria me guarde.

Ahora que lo pienso, la oración era un poco morbosa. Hacer que un niño rece acerca de su muerte antes de dormir se me hace un poco extremo, pero entonces tenía el efecto contrario. La rutina y la familiaridad me reconfortaban.

Los Pasos de Micah se convirtió en otra oración que yo liberaría a la noche, al universo, a Dios, al poder superior, a lo que hubiera allá arriba que pudiera ayudarme. Los pasos se convirtieron en mi credo personal aunque yo nunca hubiera luchado contra la adicción. Traté de rezarlos como quien reza un "Ave María" o un "Padre nuestro" como si hubiera alguna clase de magia en las palabras mismas. Meditaba y añoraba aquel contacto con Dios del que hablaban los pasos para que Micah regresara, porque en realidad yo tenía parte de culpa de que él se hubiera marchado. Yo había sido la primera en desear que se fuera. Entonces liberaba las palabras y las veía flotar alejándose de mí, acercándose a Micah, para que lo mantuvieran a salvo a donde él estuviera.

Quince

A media tarde el malecón estaba a reventar de visitantes. La gente jugaba voleibol, y gritaba si la pelota se salía de los límites. Todas las muchachas en la cancha llevaban bikini y tenían cuerpos esbeltos y músculos marcados. Cuando pasamos, una de ellas lanzó la bola al aire para el zaque. Gruñó cuando hizo contacto y la bola salió disparada casi rozando la red. Punto bueno.

Aunque ya había superado mi terror de ponerme un bikini, seguía usando un bra tipo deportivo o tirantes anchos en la parte de arriba, en lugar de los tirantes de hilo del bikini. Keith siempre había alabado mis piernas, y yo sabía que era cierto porque en verdad le importaban esa clase de cosas. Yo tengo una figura atlética, pero no me atrevo a jugar voleibol en bikini. Además, las jugadoras se la pasan acomodándose el calzón metido, hasta en los torneos nacionales que pasan en la tele. Como que no es lo mío.

A nuestra derecha había casas de playa de tres pisos; a la izquierda corría una pared baja de ladrillos que limitaba la arena de la playa. Había toda clase de gente sentada ahí platicando o viendo el mar. Muchos fumaban o bebían de sus botellas enfundadas en bolsas de papel. Los letreros decían zona libre de alcohol. Imagino que eso significaba que no se permitía alcohol a la vista.

La mayoría de los bebedores se parecían entre sí: cabezas rapadas o con el cabello al ras, tatuados y, casi todos ellos, blancos. Parecían pertenecer a una misma tribu, aunque ninguno lo verbalizaba. ¿Y qué tal si Micah ahora llevaba la cabeza rasurada? Hacían mofa de quien pasara frente a ellos. Me puse tensa tan sólo de esperar alguna clase de comentario que nunca llegó; para mi fortuna éstos sólo habitaron en mi cabeza.

De pequeña llegué a repartir periódicos los fines de semana. Tenía mi ruta que pasaba por nuestro vecindario, luego atravesaba el parque para patinar y las canchas hasta el siguiente fraccionamiento y de regreso. Un verano unas cuadrillas de construcción levantaron las canchas. Yo tenía que pasar muy rápido junto a los trabajadores, porque cada que lo hacía me avergonzaba de sentir sus ojos sobre mí.

Los tipos en la pared se veían igual. Pensé preguntarles sobre Micah, pero desistí. Había una corriente invisible en el lugar que no tapaba ni el clima, ni el agua, ni la arena. Una fealdad que todo lo cubría y que la belleza no podía salvar. Drogas. Sexo. Miseria. Abandono. Se podía tocar el vacío y el dolor. Estaba dondequiera.

Un hombre joven de camisa blanca de botones y corbata roja se detuvo sobre la pared y comenzó a hablar.

—Dios lo sabe. Tú tal vez pienses que no, pero lo sabe. Él sabe todos tus secretos. Todas tus mentiras. Tus pensamientos. Sabe de la vez que robaste, y de cuando bebiste hasta la inconsciencia.

Se le fueron formando gotas de sudor en la frente. Cuando levantaba los brazos se le veían manchas amarillas bajo las axilas.

—Él lo ve todo. Conoce tu dolor, tu sufrimiento. No puedes huir de Dios. ¿Adónde quieres llegar?

Les preguntaba a los que pasaban junto a él y a los pocos que se detenían a escuchar, aunque sentí como si me hablara a mí. ¿Sabría algo que yo no?

—¡A ninguna parte! —le gritó una mujer.

—¡A ninguna parte! —repitió el joven y siguió hablando acerca de cómo todos somos pecadores y necesitamos a Dios. Alguien aplaudió cuando pasamos frente a ellos.

—Gracias, hermano —dijo el joven en la pared, malinterpretando el gesto.

—Hay que sentarnos aquí un momento —Tyler señaló una banca no lejos de los sanitarios públicos. Nos sentamos.

—Estás muy callada —dijo.

—¿Qué te parece? —le señalé al hombre sobre la pared, que afortunadamente ya quedaba demasiado lejos para oírlo—. ¿Crees que esté chalado?

—¿Cómo? ¿Me preguntas si creo en Dios y esas cosas?

—Pues... sí.

Él se recargó contra la banca, con los brazos atrás acunando su cabeza, mirando el océano.

—Creo que demasiada gente trata de definir cosas que no entienden. Mira el océano ahí enfrente. Casi no sabemos nada de él. ¿Qué vive en lo más profundo? ¿Cómo puede pararse ahí ese tipo a decirnos lo que piensa Dios? Sólo dice lo que él cree que piensa Dios —Tyler calló unos segundos—. Dios está más allá del océano.

—Wow —le dije cuando quedé segura de que había acabado de hablar—. Qué *profundo* eres... —me reí—. ¿Entendiste?

—Ah, ahora bromeas, ¿eh?

—Puedo ser ocurrente.

Me miró alzando la ceja.

—¿Por qué me lo preguntaste?

—No sé. El lugar. Esta cosa de Micah. Me hace pensar por qué Dios permitió que pasara. Uno creería que si hubiera un Dios, se desharía de todo lo que apesta. ¿Sabes? Cosas como la maldad y la indigencia, el hambre y las drogas. El sufrimiento, en general.

—Se te olvidó la comida mala.

—Y los días en que no te puedes peinar y el esmog...

—Hongos y uñas enterradas.

—Asqueroso, pero cierto. Él podría hacer que todo fuera perfecto.

Me di cuenta, una vez que lo dije, de que ni siquiera sabía cómo sería lo perfecto. En eso, aunque no estábamos cerca del agua, el estruendo de una ola gigantesca silenció todo el ruido en el malecón.

—¿Adónde fue Dillon?
—Dijo que iba a arreglar unas cosas. Lo veremos más tarde.
—Qué bien que nos esté ayudando.
—Sí, es un tipo chévere.
—¿Crees que Micah todavía esté aquí?
—Tal vez. ¿Qué piensas tú? Tú eres la de la intuición femenina.
Eso me hizo sonreír.
—No sé.

Junto a los sanitarios, en las duchas exteriores una mamá cargaba a su hijo bajo el brazo como balón de futbol mientras le quitaba la arena de su cuerpo desnudo bajo el chorro de agua. El niño gritaba de coraje. Yo detestaba la arena. Se metía en todo y en todas partes.

Un hombre de boina roja comenzó a acomodarse frente a nosotros. Traía un bote de basura lleno de escobas de toda clase. Las sacó y alineó contra la pared de ladrillo. Invitó a los curiosos a que le hicieran rueda. Echó más arena sobre el malecón y comenzó a empujarla con una de las escobas. Después de unos segundos comprendí que estaba haciendo un dibujo. Cambió la escoba grande por una más pequeña para detallar los pétalos de la flor enorme que había dibujado con la arena. Las cerdas de la escoba marcaban líneas largas y delgadas y en algunos lugares se veía el pavimento. Se agachó, como hacen los golfistas cuando meditan un tiro difícil. Nadie en la rueda habló, esperando a ver qué haría. Se acercó a la pared y sujetó otra escoba que usó para hacer el tallo y una sola hoja.

Tyler se inclinó para decirme algo de cerca. Su rostro prácticamente rozó el mío.

—Qué loco —susurró.

Me había sorprendido, pero pude decir "Es arte", tratando de ignorar lo cerca que estaba de mí y cómo mi cuerpo de pronto se sintió muy atraído al suyo.

—El tipo está dibujando una flor en la arena —Tyler se quedó en la misma posición—. Qué estupidez.

—Bueno, pues no es tan talentoso como tú, pero a lo mejor consigue impresionar con su "Arte sobre la arena".

El hombre se acercó a la pared y se detuvo frente a las escobas. Titubeó, como inseguro de lo que haría después. Escogió la escoba más pequeña.

—Hasta los castillos de arena son mejores.

—Cuestan más trabajo, y tiempo —le dije.

—Pero duran más. Mamá y yo hacíamos esos castillos de arena escurrida. Ya sabes, te pones a escarbar hasta que sale agua y luego sacas puños de arena empapada que amontonas para hacer el castillo.

—Sí, recuerdo que también hacíamos eso. Me gustaba ver qué tan altas podía hacer las torres —incliné la cabeza hacia el artista de arena—. Dibuja flores bonitas.

—En cuanto se vaya se echará a perder. La gente la va a pisotear.

—No todo está hecho para durar para siempre.

Observamos la transformación de la flor solitaria en un ramo sobre el pavimento del malecón. Una chica que no se había enterado por andar hablando por teléfono pasó y pisó una hoja. Se oyó un grito ahogado colectivo.

—¡Perdón! —gritó ella.

—¿Piensas que tengo talento? —preguntó Tyler.

—Sé que lo tienes.

—Bueno, pero significa más si tú lo dices —dijo en voz baja mientras veía trabajar al artista.

Pensé en aquello y en lo que significaba.

—Eres talentoso —le dije.

El hombre terminó con un último toque de escoba y se inclinó ante la gente que celebró su obra con aplausos. Un niño pequeño que había estado de pie junto al artista caminó entre la gente con un sombrero vacío.

—Sigamos —dijo Tyler.

Antes de irnos, esculqué mi mochila y encontré algo de cambio. Lo dejé caer sobre el sombrero.

—¿Quieres algo? —preguntó Tyler señalando una fuente de sodas.

—Sí, un cono de helado.

Tyler y yo hicimos fila detrás de una pareja joven que se abrazaba. Él tenía la mano metida en el bolsillo trasero de los shorts de ella y se inclinó para darle un beso en la cabeza.

Recordé cuando Keith y yo nos veíamos así de felices: agarrados de la mano en la escuela, viendo películas, saliendo con amigos... allá cuando todo era sencillo, aquel tiempo en que felizmente ignoraba que me era infiel y se acostaba con otras. Ahora se había establecido entre nosotros el silencio. Al principio esto se me hacía un poco raro, porque hablábamos y nos escribíamos todos los días. Lo que me hizo ayudó a olvidarlo, cierto, pero me seguía doliendo haber conocido a alguien tan bien sólo para que de pronto fuera un extraño. Eso me hacía temer dejar a alguien acercarse de nuevo.

La pareja delante de nosotros pidió un barquillo para compartir. Sentí náuseas. Taylor me preguntó qué sabor quería.

—Vainilla.

—¿Vainilla? ¿No chocolate?

—No, me gusta la vainilla.

—Okey. Uno de vainilla, sencillo —le dijo a la mujer que tomaba los pedidos—, y otro de fresa con chocolate.

—Uy, qué atrevido —le dije.

—No tienes idea —respondió y sacó la cartera de su bolsillo trasero para pagar. Me entregó primero mi cono y luego alcanzó el suyo. Aprovechó para preguntarle a la mujer si había visto a Micah. Tampoco hubo suerte.

—Gracias —le dije sujetando helado con la lengua. Se sentía frío y sabroso—. No tienes que invitarme, no es como que estamos en una cita o algo así.

Me encogí inmediatamente al pronunciar la palabra "cita".

—¿Quién dice que yo invitaría si esto fuera una cita? —dijo.

Nos dirigimos hacia un jardín cercano. La gente descansaba allí sobre mantas y sillas. Un par de muchachos se pasaban un frisbee.

—¿No pagarías lo de la chica si la invitaras a salir? —le pregunté mientras caminábamos.

—Puede que no. Las mujeres ya superaron esa fase, ahora se han liberado. Ya no tienen que sufrir la desigualdad de que el hombre piense que no pueden pagar por sí mismas.

Con la lengua barrió el cono atrapando el helado de chocolate que se escurría por un lado.

—Quién sabe... Todo depende de si querrás o no que ella acepte salir contigo de nuevo.

—¿Tú no volverías a salir con un chico que no pague la cuenta?

Tyler parecía genuinamente sorprendido por semejante idea.

—No sé.

Keith había pagado nuestras salidas la mayoría de las veces, pero no hacíamos cosas que costaran mucho.

—Sí me sentiría rara, sería un poco incómodo, ¿sabes? Creo que hay una especie de regla implícita al respecto, de que es el chico quien debe invitar, cuando menos en la primera cita. Ya después no es tan necesario, creo que se puede llegar a un arreglo. A veces la chica podría pagar o se podría compartir el gasto.

—A mí me parece una buena prueba —dijo él.

—¿De qué?

—Así puedo saber si le gusto yo o le atrae mi dinero. Además, si no pago en la primera cita ella no esperará que lo haga en la siguiente, de manera que cuando suceda ella sabrá que lo hago impulsado por un deseo genuino y no por obligación.

—Vaya... es la peor excusa que he escuchado.

—¿Por qué es justo que el hombre sea quien pague siempre? Ahora trabajan tanto hombres como mujeres. Ahí tienes a las chicas preparando hamburguesas lado a lado con los chicos. Debe dárseles la misma oportunidad que ellos para gastarse su dinero.

—¿Y te ha funcionado bien este sistemita tuyo?

—¿Qué quieres decir?

—Digo, ¿cuántas segundas citas has tenido? —intenté picarle las costillas.

—Suficientes —Tyler esquivó mi ataque y se acabó el cono de una gran mordida.

—Ajá —le dije. Todavía me quedaba la mitad del mío.

—¿Ajá? —respondió—. ¿Dudas de lo que te digo?

—Si tú dices que funciona, funciona. Yo no puedo decir lo contrario, pero se me hace que estás evadiendo la pregunta. Te pregunté cuántas veces ha aceptado una chica salir contigo más de una vez. No me diste un número —yo estaba disfrutando nuestra pequeña "discusión"—. O sea, ¿cuántas son "suficientes"? ¿Dos?, ¿cinco?, ¿una?

—Un par.

—Otra respuesta imprecisa… —sonreí.

—Bueno, a ver, y tú ¿cuántas citas tuviste el año pasado? —preguntó.

—No sé.

Era la verdad. ¿Qué contaba como cita si salías con la misma persona todo un año? ¿Contaba ir a su casa a ver la tele o llevar el auto de su mamá a que lo lavaran? ¿Acompañarme a los encargos de mamá?

—¿Lo ves? —dijo triunfante, como si acabara de anotar un montón de puntos.

—Es difícil llevar la cuenta cuando tienes pareja.

Lamenté mis palabras tan pronto como las hube pronunciado porque quería evitar el tema de Keith. Había podido escaparme de él casi todo el verano, pero por alguna razón hoy se me había estado apareciendo en el pensamiento y ahora aquí estaba entre Tyler y yo. Se aguó la fiesta.

—Cierto, Keith. Bien podrido lo que hizo.

Claro, no tenía por qué sorprenderme. Por supuesto que toda la escuela sabía lo que Keith había dicho de mí. Me preguntaba si Tyler lo había creído. No quería entrar en el tema.

—Sí, bueno…

—Micah nunca entendió lo que le viste a Keith. Decía que era la clase de tipo al que te daban ganas de darle una golpiza.

Así llegamos de nuevo al tema de Micah. Por un momento había olvidado por qué estábamos allí, como si yo sólo estuviera caminando por el malecón con un chico lindo que me había comprado un cono de helado.

—Lo bueno es que ya no va a tener que preocuparse de eso —le dije y tiré la punta de mi barquillo al basurero.

Dieciséis

—Rach.

No quise abrir los ojos.

—Rachel —volvió a susurrar Micah.

Yo no lo quería ver. Me daba miedo. Desde que había regresado de la rehabilitación, estuve esperando que algo más se rompiera entre nosotros. Lo sentía sentado en el suelo junto a mi cama. Lo imaginé abrazándose las rodillas.

—No tienes que despertar —esperó—. No podía dormir.

Me quedé muy quieta.

—Es raro estar de regreso. Todo mundo me trata con pincitas.

Apenas respiraba.

—Tú no tienes que hacerlo. Puedes hablar conmigo, así normal.

Como si todavía habláramos.

—Me estaba volviendo loco en ese lugar. Esa gente está totalmente podrida. Ya sé que tengo problemas, pero ahora sí puedo con ellos. Sólo necesitaba un tiempo lejos de todo.

Dejó de hablar. Escuché cómo se levantó, pero no salió de mi habitación. Le eché un vistazo al reloj, 3:42 de la madrugada.

—Ya sé que estás enfadada conmigo —dijo del otro lado del cuarto. Se había parado junto a la ventana. Su sombra se proyectaba sobre el piso de madera.

—No estoy enfadada —susurré.

—Claro que sí.

—Como tú digas.

Se quedó callado. Esperé, pero la espera se volvió un poco incómoda. Por fin Micah dijo algo.

—Deberías echar un vistazo a la luna. Está totalmente llena.

Algo dentro de mí quería conectar con él; regresar a como nos llevábamos antes. Me quité las sábanas de encima y me le acerqué junto a la ventana.

La luna estaba enorme y se sentía demasiado cerca. Iluminaba nuestro patio y recortaba la noche como un sol, pero sin la brillantez enceguecedora. Todo refulgía con un leve tono azul.

—¿Por qué no puedes dormir? —le pregunté.

—Demasiado en la cabeza.

—¿Cómo qué?

—Muchas cosas —las palabras le salían por torrentes—. La banda. Escribir material nuevo. Regresar a clases. Graduarme. Estar atrapado en esta casa. El futuro.

Puse la mano en el cristal. Más frío de lo que pensé. Luego hice algo que no había hecho desde que éramos niños. Puse mis labios contra la ventana y exhalé. Al apartarme, la ventana tenía una mancha de vaho. Con el dedo marqué mis iniciales. Micah hizo lo mismo y escribió MS un poco más alto en la ventana.

—¿Tienes miedo de regresar a la escuela?

Suspiró.

—No. Ésa es la menor de mis preocupaciones —se apartó de la ventana—. Entonces tú y yo estamos bien, ¿verdad?

Me encogí de hombros.

—Sí.

Titubeó.

—Ya sabes que sigo siendo tu hermano mayor. Si alguna vez necesitas algo...

Asentí. Pensé en lo que había pasado con Keith. Quizá si Micah no hubiera perdido la cordura, tal vez Keith no se habría salido con la suya.

—Más vale que trate de dormir —dijo él cuando no escuchó respuesta.

—¿Por qué no intentas escribir? —le sugerí.

Dejó caer la cabeza.

—Nah. Creo que la musa se peleó conmigo.

—Ya regresará.

—Tal vez.

Cerró la puerta cuando salió. Lo escuché entrar a su cuarto y cerrar la puerta. Volví a la ventana. Nuestras iniciales ya deformes se escurrían por el vidrio. Cuando llegara la mañana habrían desaparecido. Esos manchones o rayones, como los que hacen los deditos de los niños, serían el único recuerdo de que Micah y yo habíamos estado parados ahí juntos.

Diecisiete

El sol de la tarde se acercaba al horizonte. Se nos acababa el tiempo.

—¿Por qué no le llamas a Jones? —me detuve para recargarme contra el barandal de una rampa que llevaba a una tienda de ropa.

—¿Es tono de derrota lo que escucho en tu voz? —preguntó Tyler.

—Pues es como tratar de hallar a Wally. Aunque Micah estuviera aquí, necesitaríamos un milagro para encontrarlo.

—¿Qué no crees en los milagros?

Tyler encendió otro cigarro. De seguro ya llevaba más de media cajetilla. Me encogí de hombros.

—Mi vida no ha estado muy llena de milagros.

—No. La verdad son raros —formó un anillo de humo.

—¿Has visto milagros, tú?

—No. Solamente uno.

Sacó su teléfono y marcó.

—¿Qué no me lo vas a platicar?

—No sé si seas digna de que te lo cuente —me lanzó una mirada risueña.

No le di el gusto de responder. Se había abierto la puerta de la tienda y tuve que hacerme a un lado para dejar pasar a un par de chicas altas y delgadas con pantaloncillos extremadamente cortos. Traían su cabello largo planchado, así que se meneaba cuando caminaban. Cada una llevaba una bolsa pequeña con sus compras. Vi cómo Tyler las siguió con los ojos. *Yo jamás me veré así, ni aunque me matara de hambre*, pensé.

—No contesta —Tyler frunció el ceño—. Jones. Habla Tyler. Llámame.

Terminó la llamada.

—Se acabó la pila. No tengo teléfono.

—Podemos usar uno público.

—¿Todavía existen?

—En alguna parte.

Miré alrededor pero no vi ninguno y me di cuenta de que no tenía idea dónde encontrar uno. Además, le había dado todo mi cambio al artista callejero. Imaginé que podríamos pedir, pero no tenía idea de cómo se hacía.

Ya se me estaba acabando la energía. Toda la gente con la que había hablado se me confundía. Pensé que podríamos preguntar en el negocio de tatuajes más adelante, pero no sabía si podría soportarlo. Me sentí culpable por mi debilidad. Ni siquiera llevaba veinticuatro horas de búsqueda y ya me sentía emocionalmente agotada.

—Estoy cansada —me quejé cediendo a la fatiga.

—Tengo una idea —contestó Tyler.

—¿Qué cosa?

—Ven —me tomó del brazo y me jaló hacia él.

Esperé en la fila mientras Tyler compraba nuestros boletos. Volvió a insistir en pagarlos él. Esta vez sí se sintió como una cita.

—Gracias —le dije cuando me dio los boletos que necesitaba para el juego.

Tyler estaba parado atrás de mí con las manos sobre el barandal. Resistí el impulso de recargarme sobre él como lo hacían las parejas mientras esperaban en fila.

Dos niñas gritaban y reían entre grito y grito desde su lugar en el juego. No recordaba la última vez que había gritado así en la montaña rusa.

—¿Alguna vez habló Micah contigo? —pregunté—. ¿Te confiaba sus problemas o lo que pensaba?

De todos sus amigos, él parecía el más cercano. Tyler se inclinó hacia adelante.

—Yo y tu hermano... Perdona, quise decir: Tu hermano y yo...

—Olvídate de eso, no soy así —detestaba que la gente se corrigiera así delante de mí sólo porque yo estaba en clases avanzadas.

—¡Por supuesto que no! —Tyler rio.

Comencé a protestar.

—Está bien, no te enojes. Sólo estaba jugando... Bueno, Micah y yo teníamos una *conexión* entre nosotros. Creo que él realmente me comprendía, ¿sabes? Le gustaba mi arte. Hablábamos de cosas con sustancia, no sólo de quién nos gustaba o tonterías. Teníamos planes. No nos íbamos a quedar a trabajar hasta hacernos gerentes de algún lugar, casarnos, tener unos cuantos hijos. Nosotros íbamos a... no sé, a cambiar cosas...

Tyler calló como si se hubiera delatado demasiado.

—¿Qué cosas iban a cambiar?

—No sé. La música, el arte, esas cosas.

—Suena bien.

—El año pasado Micah comenzó a alejarse y a ponerse paranoico. Yo sabía que eran las drogas. Se lo reproché. Una cosa es fumar hierba de vez en cuando, pero él ya andaba por el camino a la perdición. Quiero decir que se metía algo cada semana, incluso varias veces a la semana. Iba a clase viajado, o de plano no iba. Yo por lo general no tengo problemas con una que otra falta, pero Micah prácticamente vivía fuera del salón de clases. Cuando quise razonar con él, me dijo que no necesitaba otro grano en el culo. Que no lo fastidiara más, lo tenía controlado.

La fila avanzó. Nos tocaría subir al siguiente carrito.

—Pero luego me llamaba a medianoche. Yo a veces contestaba, pero la mayoría de las veces él me dejaba mensajes muy viajados. Decía que había gente detrás de él y su música, algo así como el gobierno o algo. O sea, unas cosas muy alucinadas. Comenzó a dudar de nosotros y a cuestionarlo todo. Me acusó de tratar de quitarle a la banda, como si yo ambicionara toda la gloria para mí solo. En uno de los últimos ensayos llegó tarde y viajado. Estábamos jugando e improvisando un poco mientras lo esperábamos. Entró y se puso a gritar. Trató de golpearme. Tuve que detenerlo contra el piso. El muy cabrón hasta me abrió el labio.

Las manos de Tyler se le fueron a la boca como si pudiera sentir aún hinchazón en la herida.

—A veces me lo pescaba sentado con la guitarra sólo mirando. No rasgaba ni nada, sólo miraba, como si no estuviera. Como si ya no fuera Micah.

—Micah no ha sido Micah durante mucho tiempo —le dije.

Conocía esa mirada que describía Tyler. Era la mirada que traía Micah en la foto que yo llevaba en el bolsillo: una mirada muerta.

—Una vez traté de hablar con tu papá, pero creo que no me supe expresar.

—¿Por qué lo dices?

Esa conversación de Tyler realmente había hecho darse cuenta a mis papás de lo mal que estaban las cosas. Había sido clave.

—Digamos que tu papá estaba en su fase de "buscando al culpable".

—Ellos no te culpan a ti. Se sentían lastimados y enojados. Después de que les hablaste metieron a Micah a un programa, aunque tampoco es que la rehabilitación le haya ayudado.

—La mayoría de las personas tiene que ir a rehabilitación un par de veces antes de que acepten su nivel de dependencia. A mi papá le tomó tres viajes.

Ignoraba que el papá de Tyler hubiera estado en rehabilitación. Micah nunca lo mencionó y hasta hoy Tyler y yo no habíamos tenido conversación alguna, salvo que no fuera sobre lo bien que la banda había sonado en alguna presentación o las películas que habíamos visto. Esperé a que continuara. Supe que había mucho dolor en sus palabras.

—Antes era todo un borracho. Ya sabes, de los que tienen por rutina embriagarse los fines de semana y regresar a casa para aterrorizar a su familia. No fue hasta que rompió la silla favorita de mamá que se inscribió en un programa de rehabilitación. Supongo que le dio pavor hacernos daño.

—¿Cuántos años tenías?

—¿La primera vez? Como ocho. Papá no asumió la gravedad del asunto sino hasta hace algunos años, cuando mamá amenazó con dejarlo. Recuerdo incluso cómo ella preparó también mi maleta y la dejó lista en la sala. Ahora papá lleva poco más de tres años sin probar una gota.

—¿Lo sabía Micah?

—Sí. Sólo a él le dije.

Micah realmente escuchaba y era bueno para guardar secretos. Había tenido bastante práctica conmigo.

—¿Por eso es que no bebes en las fiestas? —Tyler siempre era el conductor designado cuando salía con Micah.

—Bingo —me movió hacia delante poniendo sus manos en mis hombros para guiarme.

—Nos toca.

Yo elegí sentarme a la mitad del auto. Pensé que sería el lugar más seguro.

—¿Alguna vez te has subido al Big Dipper?

—Nunca —dijo él.

—Yo tampoco. Salud por nuestra primera vez —estrechamos las palmas.

La montaña rusa subió la primera pendiente con parsimonia. Yo no podía oír nada que no fueran los rechinidos y quejidos de las viejas vías de madera. Hasta arriba, la vista de Mission Beach era fantástica, pero duró apenas un momento antes de que nos desplomáramos. Grité. Se sintió muy bien liberar toda la tensión del día. Subimos y bajamos. No había circuitos en donde te pusiera de cabeza, pero de todos modos fue divertido. Cuando hicimos alto al final, me tropecé al levantarme del asiento y comencé a reír tanto que tuve que doblarme para recuperar el aliento.

Tyler me miró y le dije: "¡Carritos chocones!", y me fui corriendo hacia el letrero. Tyler me ganó y llegó primero a la entrada.

Él francamente me aniquiló en los carritos chocones. Yo culpé a los niñitos que me estorbaban, pero él de alguna manera no tenía problemas para rodearlos. Siempre logró estrellarme por detrás. Tal vez en verdad soy mala conductora.

Después arrastré a Tyler hasta un negocio de tatuajes de henna. Toda clase de diseños cubrían las paredes y el techo, pero yo ya sabía lo que quería. Señalé una mariposa. Sí, típico y cursi, pero me encantaban las mariposas.

Me senté mientras una mujer pintó la mariposa azul y negra en mi tobillo izquierdo. No dolió como un tatuaje de verdad, sólo sentí un poco de cosquillas. Tyler se recargó contra la pared y observó, pero apenas unos minutos. Se aclaró la garganta y salió.

En clase de biología vimos un documental que nos mostró como dentro del capullo la oruga se licuaba totalmente para reformarse en mariposa. El bicho se disolvía en cámara lenta. Se lo comía un ácido como si estuviera pegado al estómago de un depredador. Es una locura cómo las orugas pasan por esto una y otra vez. Hacen sus capullos para alcanzar la forma que tenían prevista antes de nacer.

¿Qué te parece? —le pregunté a Tyler cuando me reuní con él después. Torcí la pierna para que pudiera ver la figura.

—Bonito —dijo—. Deberías hacerte uno de verdad, pero te advierto que causan adicción.

—Pero eso sería tan permanente. ¿Qué tal si cambiara de idea? Con suerte éste me durará hasta cuatro semanas.

Alcancé a ver que se asomaba el tatuaje de Tyler por debajo de su manga. La subí para verlo mejor. El águila le cubría todo el bíceps superior. El tradicional diseño azteca estaba dibujado en negro, sin color.

—¿Por qué escogiste éste?

Toqué la cabeza del águila y sentí como brincó su músculo.

—Es un símbolo de valor y fuerza. Los guerreros aztecas se lo pintaban antes de salir a batalla —sonrió con un dejo de tristeza—.

No hay mucho que hacer cuando estás atrapado en México todo el verano. Además mamá se enfadó muchísimo; otra ventaja.

Pensé en los hombres que se pintaban mutuamente este símbolo antes de una batalla; en cómo Tyler y Micah pudieron haber sido ellos. Tyler comenzó a flexionar el músculo y el ave pareció bailar. Me reí. Lo dudé un poco y luego le dije:

—¿Te puedo hacer una pregunta sin que te enojes?

—Claro.

—¿Por qué fumas hierba? Digo, con tu historia familiar, tal vez no sea buena idea.

—Antes fumaba mucho, en primer año. Creo que si le quieres hacer al psicoanálisis, fue un mecanismo de defensa. Me ayudaba a atenuar las emociones. Me sentía muy enojado todo el tiempo, y en lugar de enfrentarlo, me quemaba los sesos con hierba. Luego mi padre comenzó a mejorar, a enfrentar sus broncas. Tenía que seguir un montón de pasos. Una de las cosas que tuvo que hacer fue pedirme perdón por todo lo que me había hecho pasar. Nos sentamos en la cocina y ahí del otro lado de la mesa se puso a llorar. Nunca lo había visto así. Le creí. Pensé que ahora sí hablaba con sinceridad. En ese momento ya no quise odiarlo más. Quería creer en él. A veces eso es todo lo que se necesita. Así que lo perdoné. Se levantó y me abrazó. Pero no fue uno de esos abrazos en que sólo le haces al cuento. No, esa vez fue un abrazo de oso. Él seguía llorando y dándome las gracias por darle otra oportunidad.

Los ojos comenzaron a llenársele de lágrimas cuando imaginé a Tyler con su papá. Sólo podía pensar en Micah y esperar que algún día nosotros hiciéramos lo mismo. Si Tyler lo notó, decidió dejarlo pasar.

—Gracias por decírmelo. En realidad uno nunca conoce a las personas. No sabes por lo que han pasado.

—No quería que pensaras que era un marihuano perdido.

Lo miré con un poco de suspicacia.

—No estoy diciendo que sea un santo —continuó—. Ahora sólo fumo tabaco cuando estoy nervioso o estresado.

—Pues has de estar bastante estresado hoy.

Tyler sonrío. Sus ojos tenían chispas doradas y verdes.

Aparté la mirada de la suya y me concentré en el hombre que vendía cacahuates y algodón de azúcar. No estaba lista para lo que me dijeron los ojos de Tyler. Nos hallábamos en una misión. No quería caer en las garras de un romance en el camino. Además, se trataba de Tyler. El amigo de Micah. Si algo llegara a pasar, se pondría complicado y doloroso. Yo no quería nada complicado ni doloroso en mi vida en ese momento.

Por el rabillo del ojo, por un instante vi un estuche de guitarra, cabello café desaliñado, jeans entubados y playera negra. Volteé al instante, pero al tipo se lo había comido la muchedumbre. Comencé a caminar hacia donde lo había visto la última vez.

—¿Rachel? ¡Espera! ¿Qué pasa? —me gritó Tyler, pero no me detuve.

Me abrí paso entre las hordas de gente.

—¡Micah! —grité.

El estuche de guitarra dio vuelta por la esquina. Me apuré pero para cuando llegué, había desaparecido. Tomé el brazo de una mujer que caminaba hacia mí.

—¿Vio a un chico con una guitarra?

Ella negó con la cabeza. Le pregunté a otra persona y luego a otra. Tal vez lo había imaginado. Tal vez estaba loca. Tal vez.

Más adelante vi el malecón. Supe que ahí estaría. Volví a correr mirando a todas partes. Lo escuché. Seguí el sonido de la guitarra anticipando la voz. Él estaba sentado sobre la pared del malecón rasgando la guitarra. Abrió la boca y cantó tan hermoso que comencé a llorar.

—¿Rachel? —me dijo Tyler cuando me alcanzó.

Lo volteé a ver y él me abrazó mientras escuchamos a un muchacho sentado en la pared. La voz de Micah nunca fue así de hermosa.

Dieciocho

Una noche, poco después que se fuera Micah, no podía dormir. Cada vez que miraba el reloj apenas habían pasado cinco minutitos. Era la 1:35 de la madrugada. Cansada de ver el techo, decidí que tal vez me serviría comer algo.

Cuando bajé por las escaleras, noté que salía luz de la cocina. Mis papás generalmente dejaban una lámpara encendida para ahuyentar a los ladrones, pero cuando me acerqué me sorprendió ver a mamá sentada en la cocina. Traía el cabello, normalmente bien arreglado, jalado hacia atrás en una cola de caballo malhecha que dejaba ver sus canas. Traía la misma ropa con la que se había ido a trabajar, que ya se veía arrugada. Tenía fotos del álbum desparramadas sobre la mesa frente a ella. Apoyaba su cabeza en una de sus manos mientras daba vueltas a las páginas.

—Hola, mamá —le dije para no asustarla.

—¿Rachel? —me miró confundida, como si no estuviera segura de dónde se encontraba.

—Sí —saqué un tazón de la segunda repisa del gabinete.

—¿Es tarde? —lo dijo como pregunta.

—Sí —le contesté—, ya pasa de la una.

—¿Ah sí? —volvió los ojos a lo que había estado mirando. Una página abierta de nuestras vacaciones en el Gran Cañón, cuando yo iba en la primaria.

Les había rogado a mis papás que me llevaran al Gran Cañón después de haber leído sobre él en un libro viejo de mamá, *Brighty del Gran Cañón*. Era la historia de un burrito huérfano que deambulaba por el cañón y de la gente que conoció en el camino. Cuando llegamos, me decepcioné. Todo lo que hicimos fue mirarlo hacia abajo desde la punta de un peñasco. Mi papá le teme a las alturas así que no nos dejó acercarnos a la orilla. Ni siquiera nos dejó tomar un burro para ir por el sendero, ni explorarlo a pie.

En la foto del álbum toda la familia da la espalda al barandal y sonríe, menos papá. Él mira nerviosamente por encima de su hombro, así que sólo salió un lado de su rostro.

Abrí otro cajón y me encontré algo de granola.

—¿Tienes hambre, mamá?

—No.

Ella siguió pasando las páginas y de vez en cuando se detenía en ciertas fotos. Su mano libre tocaba rostro tras rostro en las páginas. Me recargué en el mostrador a comer mi cereal y observarla. Entendí el patrón rápidamente. Se detenía en todas las fotos de Micah.

Me senté junto a ella frente a la mesa y abrí otro álbum. Era de cuando yo era un bebé como de un año, así que Micah probablemente tendría dos. En la primera página, mamá me tiene en brazos acercándome a la cámara, mis piernas regordetas salen de mi vestido blanco. Parece que yo gritaba de gusto. Micah está al lado de mamá con el rostro enterrado en su pierna. Ella llevaba el cabello en dos coletas largas. Se veía tan joven, tan libre de penas.

—¿Rachel? —mamá dijo mi nombre como si apenas hubiera notado que estaba junto a ella—. ¿Qué haces despierta tan tarde?

—No podía dormir, vi la luz encendida y...

Dejé ahí la frase pensando que explicaba lo suficiente. Entre nosotros las palabras se habían vuelto escasas e innecesarias desde que se había ido Micah. Era como si parte de ella también se hubiera ido.

Levantó la vista de una foto de Micah de doce años de pie junto a su tabla de surf. Recordé que yo la había tomado.

—Siempre has sido la buena, ¿verdad? —estiró el brazo y cubrió mi mano con la suya—. Mi niña buena.

Ella volvió a ver la foto de Micah.

—Aquí todavía se portaba bien, ¿no crees? —hizo una pausa—. Paso las páginas una después de otra preguntándome ¿cuándo lo perdimos? Todo lo que veo es el rostro de mi bebé. Todo lo que veo es mi Micah.

Quería decirle. Confesarle todo lo que sabía de Micah. Decirle que yo sabía cómo había comenzado a consumir hace mucho y que yo nunca había decidido mantener la boca cerrada. Quería hablarle de Keith. Quería decirle de todas las veces que había deseado que Micah se fuera, y cómo hasta había orado por ello porque ya no lo sentía mi hermano, y lo odiaba. Quería decirle que yo no siempre era buena.

Abrí la boca para hablar, pero mamá se adelantó.

—Sé que no es justo que tengas que lidiar con esto ahora. Te agradezco mucho lo fuerte que has sido.

Mis ojos se inundaron de lágrimas. Ella acarició mi mano.

—Ya, ya, ya. Ya sé lo preocupada que has estado por Micah. Todos estamos preocupados. Tu papá… —se le cortó la voz—. Tenemos que pensar lo mejor. Él estará bien, ya lo verás. Todo estará bien.

Separé mi mano de la suya.

—Sí, se pondrá bien —guardé en mi corazón las palabras que hubiera querido decir, cosas como *Aquí estoy, mamá. Aquí sigo, y yo también te necesito*. En lugar de eso, repetí—: verás cómo ya pronto regresará.

Antes de contestar, mamá regresó la mirada a las fotografías viejas, al recuerdo de un Micah desaparecido tiempo atrás.

—Ya pronto regresará…

Tomé otra cucharada de granola para ayudarme a tragar la mentira.

Diecinueve

Tyler y yo encontramos el auto de Dillon en el estacionamiento junto a un trecho de césped. Él se había sentado en el asiento trasero. El sombrero vaquero le cubría el rostro y sus brazos cruzaban su pecho. Se veía tan en paz. Me sorprendió que pudiera dormir con tanta gente pasando por ahí.

—¡Ay, mira, cariño! Está dormido —dijo Tyler en voz fuerte junto al auto.

Dillon se movió, levantó su sombrero y nos miró con los ojos de rendija.

—¿Ya hicieron las paces tortolitos?

—Estoy bien gracias —me sonrojé—. ¿Dónde está tu tabla?

—La fui a dejar a casa. No quería que alguien por aquí se la robara. Me costó cien dólares la compostura, pero valió la pena porque Reeves y Spencer le salvaron la vida.

Trepó por encima del asiento y se puso tras el volante.

—¿Qué no podías haberte comprado con eso una nueva? —le pregunté.

—Esa tabla y yo tenemos historia. Eso no tiene sustituto.

Tyler me abrió la puerta de copiloto para que entrara al auto.

—¿Entonces, adónde vamos? —pregunté.

Dillon respondió

—Hice mis propias pesquisas, un par de llamadas y nos conseguí una dirección.

El corazón se me aceleró al pensar en una dirección. Eso significaba que había un lugar, una casa o cuando menos un techo donde mi hermano había pasado las noches. Dillon continuó.

—Pues sí. Resulta que nuestro Micah tiene sus secretos: una noviecita que lo cuida.

—¿Una chica? —preguntó Tyler.

—Sip. Una llamada Finn. Hace tatuajes en un establecimiento aquí cerca. Vamos para su casa.

Quince minutos después, Dillon se estacionó y caminamos por un callejón hasta el departamento de Finn. Tocó el timbre para el segundo piso. Descansé la mano sobre un poste de madera y comencé a descascarar la pintura vieja. Miré a Tyler, quien me ofreció una sonrisa de aliento, pero con mirada precavida. Puso su mano en mi hombro y me dio un pequeño apretón. El gesto no me reconfortó, pero asentí y fingí que sí.

Dillon tocó el timbre una segunda vez. La puerta podría abrirse en cualquier minuto, en cualquier segundo, y yo estaría frente a frente con Micah. ¿Qué le diría? Hubiera ensayado algo.

¿Qué tal: "¡Cabrón hijo de puta!"? No. Demasiado extremo. No muy de mi estilo. Tan sólo imaginaba cómo sería si estuviésemos en una película.

¿Qué tal: "¡Patán egoísta!"? Mejor, pero podría cerrarme la puerta en las narices. Creo que podría decir simplemente "Hey" y ver qué pasaba después.

Alguien del otro lado de la puerta quitó pestillos y candados. La puerta apenas se abrió para dejar asomar un ojo. Se me hundió el corazón. Era azul. La puerta se abrió un poco más y el ojo azul quedó enmarcado en cabello amarillo. El ojo nos recorrió los rostros y se detuvo en el mío.

—¿Finn? —preguntó Dillon.

Ella asintió y abrió la puerta.

—No está aquí —se volteó y subió por las escaleras.

Dillon, Tyler y yo intercambiamos miradas de interrogación, pero tomé la decisión de seguirla.

Entrar al departamento de Finn fue como entrar a otro mundo. Del techo y las paredes pendían tiras largas de tela roja y púrpura.

No había sofás, sólo grandes cojines de colores y pufs. En cada superficie se veían los restos de velas derretidas de todos colores y tamaños.

Finn se acercó a la estufa.

—¿Quieren té? —vertió agua caliente en una taza.

—Claro —le dije—. ¿Ustedes, muchachos?

Asintieron. Tuve que sonreír. Me pregunté si alguna vez en sus vidas habían bebido té.

—Tú eres Rachel. Te ves exactamente como te describió.

Puso tres tazas llenas sobre la barra que salía de la cocina. La rodeó, se hundió en un gran puf verde y cruzó las piernas. Llevaba una blusa negra sin mangas y unos *leggings* del mismo color. La mitad de su cabello rubio lo llevaba en un nudo sobre su cabeza, la otra mitad le colgaba sobre los hombros. Una rama de rosas con espinas subía desde su muñeca derecha y le llegaba hasta la clavícula.

—¿Me dejas verlo? —señaló la manga de Tyler donde asomaba parte de su tatuaje. Tyler se arremangó para enseñarle.

—Buen trabajo. La mayoría de los que veo así son bastante vulgares —sopló sobre el té antes de darle un trago pequeño—. ¿Sabes lo que significa?

—Sí.

Pero Tyler no se lo dijo.

Dillon se levantó la camisa y se dio la vuelta para presumir uno de sus tatuajes: su nombre en letras cursivas alrededor de su cintura.

—Éste es de cuando tenía pretensiones de seudopandillero. Pero esto... —se enrolló una de las mangas hasta revelar un cráneo grande que me recordó al juego de los Piratas del Caribe en Disneylandia— *Esto* es lo que sucede cuando te pasas de tragos y despiertas a la mañana siguiente en el sofá de tu compa.

Finn sonrió.

—He hecho algunos.

—Tal vez éste fue un trabajo tuyo.

—No es mi estilo. Yo le hubiera agregado una carita feliz en amarillo.

Yo estaba sentada sobre un cojín naranja y estudiaba a Finn por encima de la taza. Ella era mayor que Micah. Tenía como la edad de Dillon. Delgada. Demasiado. Como las chicas en la rehabilitación de Micah. Con todo, lucía hermosa de esa manera que no requiere maquillaje. Nada. Se veía como la clase de chica con la que saldría Micah. Fue cuando lo supe.

—Dijiste que Micah no estaba aquí —le dije.

—Se fue hace un par de semanas.

Si tan sólo no me hubiera esperado tanto en venir.

—¿Alguna idea de adónde fue? —preguntó Tyler.

—Ninguna —ella puso su taza en el piso—. Se llevó la mayor parte de sus cosas, pero dejó unas cuantas —señaló hacia un cuarto—. Están en la esquina de la recámara, echa un vistazo, si quieres.

Me levanté y entré a la recámara donde había un colchón *queen size* en el piso junto a una lámpara roja. En la esquina había un ropero alto y café con un florero lleno de rosas muertas; a un lado, una bolsa de basura negra. Me senté en la cama y vacié el contenido al piso: un par de jeans, tres calcetines, una plumilla para guitarra, un gorro negro, un par de gafas oscuras estrelladas y *El Hobbit*. De entre todos mis libros, ése es el que se había llevado. Ni lo había notado. Estudié el contenido de la bolsa como si fuera un reguero de pistas que Micah me había dejado para seguirlo. ¿Por qué otra razón habría dejado el libro?

Hurgué en los bolsillos de los jeans. Encontré un billete de dólar arrugado y un recibo de comida china en el bolsillo delantero. Del trasero saqué un papelito blanco con un número telefónico garrapateado en lápiz. Metí el papel con el número y el dólar en mi bolsillo.

Me paré y volví a examinar el cuarto. Hasta con la ventana medio abierta olía dulzón, empalagoso, pero también levemente a Micah. Las flores marchitas seguían metidas en agua café amarillenta. Me preguntaba si Micah se las habría dado a Finn. ¿Sería por eso que ella las conservaba?

En un librero pequeño había revistas viejas y libros de arte. Saqué uno y me sorprendí de encontrar *El secreto* puesto de lado. Me hizo pensar que quizá me había faltado tener suficientes pensamientos positivos de Micah. Tal vez si visualizaba que lo encontrábamos así sería.

Suspiré. Aquí no había nada. Nada que me llevara a Micah.

Traté de imaginarlo en el cuarto. Hubiera conectado su ampli al enchufe junto a la luz. Se habría sentado en la cama a tocar su guitarra. Casi pude verlo, jorobado, concentrándose.

Cerré los ojos y traté de escuchar su voz, pero sólo oí el silencio de la habitación y el murmullo de voces en la otra. No podía oír a Micah, y el temor que había evadido me encontró a mí: había olvidado el sonido de su voz.

Detrás de mí, Tyler se aclaró la garganta.

—¿Encontraste algo?

Señalé las cosas sobre el colchón.

—Ya. ¿Alguna pista interesante?

—No.

Sentí que la desesperación me atrapaba junto con la culpa, era un sentimiento familiar.

—Tyler, creo que lo arruiné. Creo que si hubiera actuado de inmediato, si hubiera venido en cuanto recibí el correo, no estaría mirando un cuarto vacío. Micah habría estado aquí.

—Sí, probablemente.

Volteé a verlo sorprendida.

—Me dijiste que no te endulzara las cosas —Tyler se acercó a la cama y recogió la plumilla—. Quizá no. La vida no se define con "quizás" ni "hubieras".

La manera en que Tyler decía las cosas tenía sentido aunque éstas fueran difíciles de escuchar.

—¿Cómo es Finn? —pregunté.

—Su tipo de siempre. Flaca. Bonita.

Asentí.

—Ella también consume —hubiera querido que aquellas palabras salieran en forma de pregunta.

—Sí. Estoy bastante seguro de que así se conocieron —hizo una pausa—. Vamos, hay que salvarla de Dillon. En cualquier momento la invitará a salir.

—¿Encontraste lo que buscabas? —preguntó Finn cuando regresamos a la sala.

—No, en realidad no. ¿Desde cuándo conoces a Micah?

Esta vez opté por un puf negro. Dillon interrumpió

—Es tiempo para un tabaco. ¿Tyler? —dijo levantándose.

Tyler me miró como si quisiera cerciorarse de que estaría bien. Asentí.

—Sí. Suena bien —dijo.

—Saldremos —dijo Dillon— para dejarlas platicar. Finn —se inclinó—, un gusto.

—¿Me regalas uno?

—Por supuesto —Dillon le dio un cigarro de su cajetilla.

—Estaremos afuera —dijo Tyler y siguió a Dillon a la calle.

Finn sacó unos fósforos del cajón de la cocina.

—Te daré la versión rápida —encendió su cigarro—. Nos conocimos en el malecón. Él tocaba su guitarra. Me senté a escuchar algunas canciones porque no tenía qué hacer y él me pareció bueno, muy bueno. Le invité el almuerzo. Anduvimos de fiesta un poco esa noche. Una semana después se mudó conmigo. Fue fantástico. Él era fantástico, pero luego las cosas comenzaron a salirse de control. Una noche me llamó por teléfono. Hablaba tan rápido que apenas podía entenderle. Me dijo que lo andaba persiguiendo la policía. Le pregunté dónde estaba. No lo sabía. Todo lo que me podía decir es que alguien le había prestado el teléfono.

Ella fumaba rápido y jalando duro.

—Por las noches lo escuchaba dando pasos y hablando solo en lugar de dormir. Dijo que nuestro teléfono estaba intervenido. No quería hablarme en voz alta, sólo susurros, porque decía que había micrófonos en el departamento. Me preocupaba. No me dejaba hablarle a tus viejos.

—Así que mandaste el correo electrónico.

—Así fue.

—En él decías que estaba metido en "broncas serias". ¿Qué querías decir? ¿Te referías a las drogas?

—Consumía demasiada. Yo se lo repetía constantemente. Y luego está el asunto de la venta… a mí no me parecía buena idea, pero él había conocido a un tipo que lo había metido en eso antes de que él y yo nos juntáramos. Dijo que la policía se había enterado y que vigilaban el departamento.

Me costaba trabajo creer que Micah estuviera enredado en traficar y con policías, aunque los tipos en la tienda de surf habían dicho algo similar. ¿En verdad era tan tonto? ¿Tan bajo había caído?

—¿Y le creíste?

—No sé. Es posible. Toda clase de gente entraba y salía de aquí: hombres de negocios, surfistas, adolescentes, madres de familia. Quizá lo vigilaba la policía para llegar a algún pez gordo.

—Dillon dijo que tú lo mantenías.

Finn se rio.

—No.

—¿Entonces se fue porque pensaba que la policía andaba detrás de él?

—No sé. Tampoco es que dejara una nota de despedida.

—¿Alguna idea de dónde pudo haber ido?

—Podría estar en cualquier parte. Unos amigos lo vieron en Ocean Beach. Mierda, podría estar todavía en San Diego. Hablaba de Los Ángeles de vez en cuando. Era adónde quería ir para hacer su música.

Sentí un gran peso en el estómago. Los Ángeles es enorme. Si Micah se había ido allá, lo había perdido. Jamás lo encontraría.

Finn aplastó su cigarro en un cenicero con forma de tortuga. Se levantó y fue al baño. Imaginé que ya había terminado de contar su historia. Yo quería que siguiera hablando, que me hablara más de su tiempo con Micah. Ella podría ser la última conexión viviente que me quedaba con mi hermano.

—¿De dónde eres? —le pregunté a Finn cuando salió del baño. Quería saber más de ella. Por qué Micah la había escogido.

—Ohio.

—¿Y cómo llegaste aquí?

—Autobús —abrió un frasco de esmalte y comenzó a pintarse las uñas de un tono verde oscuro.

—¿Siempre quisiste ser artista?

—De niña siempre cargaba un bloc para dibujo —ella no levantó la vista de sus uñas.

—Yo quería ser bailarina —le dije tratando de establecer una conexión con ella—. Cerraba la puerta de mi cuarto y me ponía a practicar.

—¿Y qué pasó?

—No era muy buena o tal vez me faltó confianza.

—¿Cuál de las dos?

—Cero confianza —respondí con la verdad.

Me quedé sentada observándola un rato. Ya no sabía qué más decir. Claramente ella ya había dado por terminada la conversación.

—Bueno —dije al fin—. Gracias por... tu tiempo.

Me levanté para irme.

—Rachel —dijo ella.

La miré y vi que había lágrimas en sus ojos.

—Perdón por portarme como una perra contigo, es que tu hermano... ¡Jodido hijo de puta! Ni siquiera se despidió de mí. Digo, es mucho más fácil decir *adiós* que *te amo*, ¿no?

Agitó las manos para secarse las uñas.

—No te des por vencida, ¿vale? Está hecho una mierda, sí, pero también... También está sufriendo.

Me di la vuelta. No quería escuchar cuánto había sufrido Micah. Él fue quien escogió ese camino. Fue él quien llenó su vida de dolor. Mis papás, que no podían conciliar el sueño, que miraban el televisor en lugar de hablar, que por vergüenza evitaban a familia y amigos, ellos no habían tenido opción. Yo no tenía opción. Nosotros éramos quienes sufríamos.

—Cuando estás como Micah, cuando has caído tan bajo, no sabes cómo volver a levantarte. Y luego, cuando finalmente te sientes capaz de hacerlo, y quieres llamar a casa y pedir ayuda, cargas con esta vergüenza enorme.

Ella hablaba como si cargara algo de esa vergüenza. Me pregunté cuánto se refería todo eso a ella misma más que a Micah.

—Él siempre habla de lo inteligente que eres, de lo buena que eres para todo. Me dijo que estabas en las clases avanzadas, que todos te admiraban. Él se sentía orgulloso de ti. Creo que deseaba ser más como tú.

Yo sabía que ella lo estaba adornando, pero quería creerle. Quería saber que esa parte del viejo Micah seguía por ahí.

—Sé que tal vez no me lo creas, pero Micah te quería. La mayor culpa que sentía era por haberte dejado a ti.

—Bueno —dije, mientras veía por su ventana cómo cambiaba el día—, el sol se pondrá pronto.

—Hasta me platicó de tu ex.

La miré molesta.

—¿Keith?

—Sí. Micah dijo que te había sido infiel y que trató de arruinar tu reputación. Creo que le dio su buena golpiza. Micah le dijo que lo mataría si volvía a verlo cerca de ti.

No pude evitar las lágrimas. Entonces eso explicaba por qué Keith había faltado a la escuela toda una semana poco después de que rompimos (le dijo a todos que tenía gripe), y por qué me había evitado cuando regresó a la escuela. Micah. Todavía le importaba.

—Pensé que debías saberlo.

—Gracias —le dije y sonreí.

—Es tan difícil —dijo ella.

—¿Qué cosa?

—Cuando amas a alguien. Es difícil dejarlo ir.

—Sí —contesté rumbo a la puerta.

Veinte

Micah me llevaba exactamente once meses y siete días, por lo que iba un año delante de mí en la escuela. Esto también significaba que yo tenía la fortuna de que siempre me compararan con él, porque él siempre iba primero.

El primer día de clase siempre iniciaba con la pasada de lista: "¿Rachel Stevens?". La maestra haría una pausa para mirar quién era. Luego yo levantaría el brazo y diría:

—Presente.
—No sabía que Micah tuviera una hermana —pausa.
—Sí.

A esto seguía una de dos: una ceja levantada y labios fruncidos (o sea, señal de problemas); la otra, una sonrisa enorme seguida por "Bienvenida".

A lo largo de todos mis años de escuela me habían conocido como la hermana pequeña de Micah. A menudo me preguntaba qué hubiera pasado de ser yo la mayor, ¿a él se le hubiera conocido como el hermano pequeño de Rachel? No lo creo.

Los dos representábamos nuestro papel con aparente facilidad. Yo era la niña aplicada: tomaba clases avanzadas y de preparación universitaria. Formaba parte del consejo de estudiantes, corría y jugaba voleibol. Micah, por otro lado, era un estudiante promedio. No se ofrecía de voluntario ni pertenecía a ninguno de los equipos deportivos. Dirigía una banda, abrazó su juventud rebelde en el bachillerato y nunca la abandonó. No causaba problemas, simplemente no participaba. Siempre se mantuvo un poco alejado, vi-

viendo un poco desprendido. Así fue hasta que conoció el cristal de meta. Y se dedicó a él con una pasión que nunca antes le vi.

Cuando Micah regresó a casa de rehabilitación, nuestro hogar ya de por si callado se volvió sepulcral. Era como si nos estuviéramos aguantando la respiración esperando a ver qué haría Micah.

Según un libro que leyeron mis papás, más de 50% de los adictos recaen. Para los consumidores de cristal la estadística es aún peor. Como para dar cuenta de esto, los programas contra las adicciones consideran que la recaída en realidad forma parte de la recuperación.

La primera vez que nos sentamos a cenar después de que regresó Micah, mamá hablaba rápidamente, como si le asustara que hubiera cualquier silencio durante la conversación. Habló del clima, templado en esa época del año. Luego habló de su trabajo hasta que vio que estábamos perdiendo el interés. Me preguntó cómo me iba en la escuela. Yo le contesté que bien y se me quedó mirando con los ojos bien abiertos rogando por ayuda. Bajé la vista al sanguinolento pedazo de carne en mi plato. Después preguntó a papá cómo le había ido. No habló de Micah ni de su situación con las drogas. Pero no importaba, en mi mente todo lo que ella decía tenía que ver con Micah. Bien pudo haber estado diciendo "bla, bla, cristal, bla, Micah, bla, rehabilitación, drogas, bla, bla, destruyendo su vida".

—Estuvo sabroso, mamá —dijo Micah al acabar de cenar—. Mucho mejor que la comida en el centro de rehabilitación. Gracias.

Pronunció la palabra y sentí cómo la casa entera se aligeró como si se hubiera liberado algo de presión, como cuando se desinfla un poco un globo demasiado lleno.

—De nada, hijo —dijo ella dándole a mi papá una de esas miradas entre ellos.

Micah se levantó. Llevó su plato y vaso a la tarja. Enjuagó el plato, porque no había nada que rasparle, y lo acomodó en el lavavajillas. Parado a un lado del mostrador, se acabó el agua y agregó el vaso al resto de los trastes sucios.

—Creo que voy a descansar un rato.

Por el rabillo del ojo vi que mamá se puso tensa.

—¿Descansar? —preguntó mi papá con cierta preocupación en la voz.

Micah se detuvo antes de llegar a la escalera. Guardó la calma. Si estaba enojado, se lo guardó. Yo me sentí a punto de explotar.

—Sí, estoy cansado. Hasta mañana —puso su mano sobre el barandal—. A lo mejor después podemos hablar del trabajo del que me estaban diciendo.

—Claro. Después —contestó papá.

—Buenas noches, mi amor —la voz nerviosa de mamá lo fue siguiendo.

Yo acabé de comer y repetí la rutina de Micah frente a la tarja. Raspé los restos de la carne gris y rosa, los dejé caer en el triturador y me sentí con náuseas. Mamá se me acercó en la cocina, pero papá se quedó sentado a la mesa. Me dejé caer en el sofá oscuro de piel en el cuarto de la tele y la encendí bajito para no irritar a papá.

Vi una serie sobre una familia, una de ésas con las risas grabadas para animar al público. Observé el episodio como si fuera un experimento científico. Contenía a todos los sospechosos de costumbre: una alocada hija adolescente: palomita. Un papá amoroso pero ignorante: palomita. Un ama de casa trabajadora y hacelotodo: palomita. Un hermanito odioso. Palomita.

El conflicto principal en el episodio fue que la hija quería ir a una fiesta. Sus papás le dijeron que no. Ella fue de todos modos. Bajo presión, el hermanito la acusó. Para el final del programa todo estaba resuelto. La hija, aunque molesta porque la habían castigado sin salir, entendió que sus padres en realidad querían protegerla porque la amaban.

En la última escena toda la familia estaba en la cocina de pie frente a un pay de cereza horneado en casa. No había tensión ni nada que ameritara mayor discusión, ningún dolor o queja remanente. Apagué la televisión sintiéndome estafada por haber echado al trasto aquella media hora de mi vida.

Antes de dormir esa noche, me lavé el rostro y los dientes y leí hasta agotarme. Repetí los pasos de Micah, pero en lugar de encender mi ventilador me recosté sobre la cama y traté de escuchar los movimientos de mi hermano. Traté de imaginármelo a través de la delgada pared que separaba nuestros cuartos. Apenas respiraba.

Los sonidos de la tele subían desde abajo. No escuchaba nada en la recámara de Micah: ni pasos, ni golpes. Sólo silencio.

Estiré el brazo y encendí el ventilador a media velocidad. Me quedé viendo el techo mientras el aparato ronroneaba. *Todo estará bien. Todo estará bien*, continuaba repitiéndome. Y así me quedé dormida.

Veintiuno

Las llamas de la fogata crepitaban entre los débiles ritmos de los estéreos portátiles, las guitarras y las voces. Los colores cambiaban de crepuscular naranja a amarillo amanecer. Los olores a salvia, cenizas y cerveza se combinaban en el familiar aroma a fiesta. No estaba lo suficientemente cerca de la fogata como para calentarme en ella, pero cuando menos traía la sudadera. Me cubrí la cabeza con la capucha. La temperatura había bajado bastante desde la puesta del sol. Me sentí mal por Tyler que de seguro se congelaba vestido sólo de playera y jeans, pero claro, no lo demostraba.

Después de salir del departamento de Finn, Dillon dijo que necesitábamos distracción. Toda la tensión lo empezaba a deprimir. Nos comimos unas hamburguesas y seguimos preguntando por Micah. Cuando desapareció el sol, Dillon nos llevó a una fiesta en la playa con como cien tipos bien drogos y surfistas distribuidos alrededor de tres fogatas.

Se suponía que sería divertido, pero en cuanto llegamos sentí ganas de irme. No conocía a nadie y sentía esa timidez familiar que me daba cuando iba a fiestas. Además de que siempre era la conductora designada, yo era la típica "chica invisible" que nunca sabía qué decir. En esta fiesta me pasaba lo mismo.

Apenas podía ver a la gente a mi alrededor. La media luna, estrellas y fogatas apenas iluminaban parcialmente sus rostros, pero no pude evitar buscar a Micah entre los semblantes distorsionados. Aunque la visita a Finn resultara un callejón sin salida y no hubiéramos avanzado en la búsqueda, sentí esperanza. Micah todavía estaba en alguna parte. Finn me había devuelto un pedacito de mi hermano. Tal vez si me quedaba quieta él se acercaría. Tal vez tenía que abandonar la búsqueda.

Tyler cruzó los brazos sobre su pecho.

—¿Nos acercamos al fuego? —le pregunté.

—Claro, si quieres.

Caminamos a la fogata más cercana. Una muchacha alta de piernas largas le sonrió a Tyler y le buscó plática. El fuego dibujaba sombras en su rostro y pude ver que estaba ebria. Tyler parecía sentirse a gusto platicando con ella, pero no dejaba de mirar hacia mí. Irritada, me alejé.

La gente se apretujaba en grupitos a platicar y fumar tabaco y hierba. Me asomé a sus rostros. La mayoría inclinaba la cabeza como si me conocieran. Un grupo de chicas en bikini y shorts bailaban y se reían. Algunas formaban parejas y comenzaban a besarse sin importarles quién las viera.

Vi a Dillon encorvado alrededor de otra fogata con otros tipos. Bebían algo en vasos rojos de plástico. Al parecer Dillon bromeaba. Después de todo no era mal tipo. Lejos del fuego las manos se me enfriaron así que las zambullí en mis bolsillos. Mis dedos tocaron el papelito. Lo saqué y vi que era el número que había sacado del pantalón de Micah. Me tensé. *No podía ser así de fácil.*

Tyler se me acercó en la oscuridad.

—¿Dónde quedó tu amiguita? —le pregunté coqueta.

—¿Cuál amiguita? —respondió con igual coquetería.

—Dillon está por allá —le señalé y me volví a guardar el número en el bolsillo. *No, no podía ser tan fácil.*

Observamos cómo todos los que estaban alrededor de Dillon comenzaron a reírse. "Tan ameno como siempre". Dillon nos vio e hizo señas de que nos acercáramos. Nos presentó a su grupito.

—Tyler es músico —le dijo a un tipo llamado John, quien tocaba una guitarra sentado en la arena.

—¿Ah, sí? ¿Qué tocas? —preguntó John.

—Bajo, principalmente.

—Y la guitarra, y también canta —completó Dillon.

John le extendió la guitarra a Tyler.

—No te preocupes. Estoy bien así.

—Anda —dijo Dillon—. Toca algo.

Tyler me hizo una mueca sonriente y le recibió la guitarra a John. Comenzó a tocar una canción que Micah había escrito dos años antes. Se llamaba "Acosadora". La había inspirado una chica que lo seguía de una presentación a otra. Sarcástica, con un riff muy *cool*, se convirtió en su canción de batalla. Yo la había oído muchas veces pero siempre en la voz de Micah y con la banda completa. Tyler nunca cantaba como primera voz. Hacía una que otra armonía, pero nunca se le alcanzaba a escuchar bien.

Tyler cantó la primera estrofa "Mírala en la esquina apuntándome con sus labios rojos". Wow. En serio podía cantar, tal vez hasta mejor que Micah.

Alguien me ofreció una fumada, pero rechacé la oferta. La nube de humo olor a hierba había sido suficiente para marearme, no quería exponerme más.

La canción se sentía completamente distinta en acústico. A Tyler tampoco parecía darle timidez cantar. ¿Quién lo hubiera dicho? Cuando acabó, todos aplaudieron.

—Sigue —dijo John.

Tyler me buscó con la mirada y yo asentí. No es como que teníamos que ir a algún lado. "Love Me Do", de los Beatles, fue su siguiente elección. Entonces pasó algo interesante. Fue uno de esos momentos como de iluminación en el que todo encaja. Como cuando vas manejando y oyes una canción en la radio y lo cambia todo. Te transportas a otro lugar, aunque estés atorada en un embotellamiento de camino a la escuela.

Para cuando Tyler comenzó el segundo coro, ya todos cantábamos con él. Nada de qué presumir musicalmente, pero fue increíble. La gente comenzó a acercársenos. De pronto apareció otra guitarra y la gente comenzó a pedir más música. Después de otro par de canciones, Tyler le devolvió la guitarra a John y nos separamos del montón de gente.

—No sabía que cantabas tan bien —le dije mientras me dejaba caer en la arena un poco más cerca del agua. Me eché de espaldas para disfrutar el cielo de la noche. A mi lado, Tyler hizo lo mismo. El cielo parecía enorme, más lleno de estrellas que nunca.

—¿Por qué nunca cantaste primera voz con la banda?

—Micah es mejor *frontman*. A mí no me importa ser músico de apoyo.

Lo cual significaba que probablemente a Micah sí, pensé.

—¡Qué hermosas! —le dije viendo a las estrellas. Debajo de mí la arena se sentía fría, pero me sentía tan en paz recostada ahí con el sonido del mar que no quería moverme.

—Supongo. Pero, ya sabes, sólo son bolas de gas quemándose a millones de kilómetros de aquí.

—¡No te creo! —le dije pero no podía dejar de sonreír.

—¿Qué cosa?

—Acabas de citar a *El rey león*.

—Pumba era un jabalí muy sabio.

Me reí y me puse de pie.

—¿Crees que todavía esté por aquí? Dime la verdad.

—Si yo fuera Micah, me pregunto… ¿qué me retendría aquí?

Mientras Tyler hablaba se nos acercó una figura oscura y pequeña. Emergió lentamente del agua y se fue agrandando a medida que se nos acercaba y luego me di cuenta de que llevaba una tabla de surf. Unos segundos después, la tabla se clavó en la arena junto a mí.

—Hola —dijo el tipo que le salió por detrás agitando su cabello mojado y salpicándome las piernas.

—Discúlpame —dijo sacando una toalla de su mochila tirada en la arena cerca de nosotros.

—No hay problema —respondí.

—Permíteme.

Tomó su toalla y secó una de mis piernas.

—Estoy bien. Gracias —le dije.

No me gustó que fuera tan confianzudo.

—¡Qué noche! —el surfista terminó de secarse y volteó al agua oscura.

Tyler se había incorporado y acercado a mí.

—¿Surfeabas en la oscuridad? —le pregunté apuntando hacia el mar.

A veces decía cosas obvias. Me gusta pensar que es una manera de procesar la información en voz alta.

—Sí. Las olas no son la gran cosa, pero me gusta sentarme allá a pensar, a comulgar con la naturaleza o como te guste llamarlo. Da un poco de miedo porque no ves una mierda, pero también es magnífico. Deberías probarlo.

—Para nada —le dije—. Me gusta ver lo que se acerca a devorarme.

El tipo se rio.

—Nada ahí te va a devorar —dijo Tyler.

—Hay tiburones y medusas, y quién sabe qué más nada cerca de la superficie a medianoche. He visto películas.

De hecho, cada año veía la Shark Week en Discovery. Era uno de nuestros eventos favoritos de la tele, toda una semana de programación dedicada al terror de los mares. Aunque este año Micah y yo no habíamos podido seguirla juntos.

—A mi hermano le encantan los tiburones. Dice que antes de morir quiere bucear en jaula con los tiburones blancos.

—Tendrá que ir a Sudáfrica. Es el mejor lugar para eso.

—¿Has ido? —Tyler preguntó.

El tipo negó con la cabeza.

—Me llamo Eric, por cierto.

—Y yo, Tyler. Ella es Rachel —todos nos dimos la mano como si estuviéramos de junta de negocios.

—¿Vives por aquí?

Eric asintió.

—Sí, a unos minutos. ¿Ustedes?

—No. Estamos de visita.

Estaba a punto de preguntarle por Micah cuando Eric se bajó el cierre del traje de neopreno y se lo despegó de su cuerpo. Se envolvió una toalla alrededor de la cintura para cambiarse y de inmediato aparté los ojos de sus músculos.

—Listo —Eric se pasó la camisa por encima de la cabeza y guardó su toalla mojada en su bolsa—. ¡Que la pasen bien!

Levantó su tabla y comenzó a caminar por la playa.

—Buen tipo —dije. Tyler se quedó callado.

—Aunque no muy listo.

Detecté un ligero tono de envidia en su voz.

—A mí me pareció bien.

—¿Surfear de noche solo? Qué idiota.

Quería discutir pero no lo hice. Había pasado tiempo desde que alguien sintiera celos por mí.

Dillon se tropezó con nosotros por detrás. Y cuando digo que se tropezó es en serio: cayó encima de Tyler y medio rodó por la arena.

—Los he estado buscando por todos lados. Pensé que ya se habían ido.

—Pues nos encontraste —le dije sin entusiasmo. Gateó hasta donde estaba.

—Conseguí otras dos pistas —me pasó el brazo y tuve que usar algo de fuerza para quitármelo de encima. No tolero a la gente borracha. Ayudamos a Dillon a levantarse. Traía el rostro... bueno, como él lo hubiera dicho: hecho una mierda.

—Ya estoy bien —Dillon nos apartó y recobró el equilibrio. Cerró los ojos y extendió los brazos como quien camina en la cuerda floja.

—Listo —dijo, y abrió los ojos.

Caminamos por la playa hasta su auto.

—Llaves —Tyler extendió la mano y se las exigió a Dillon en el estacionamiento. Éste por un momento pareció dispuesto a discutir, pero se limitó a zafar el llavero de sus shorts y le arrojó las llaves a Tyler. Luego de algunas maniobras quedamos así: los tres estrujados en el asiento delantero conmigo en medio. Mis piernas tocaban las de Dillon y las de Tyler así que me recorrí más cerca de Tyler.

Dillon nos dirigió para salir de Mission Beach. Fuimos por una calle suburbana angosta con tenebrosas luminarias amarillas. Las sombras se alargaban y se hacían más presentes con la escasa luz, parecían insinuar peligro. Imaginaba que varios ojos seguían el auto de Dillon mientras avanzaba lentamente por la calle. Hubiera preferido que estuviera todo oscuro.

Nos detuvimos frente a una casa blanca y sencilla de un solo piso terminada en estuco. Era casi invisible porque se parecía a tantas otras. Una hilera de setos separaba el jardín meticulosamente cuidado del de los vecinos. Por entre las persianas se colaba la luz de un par de habitaciones. Alguien estaba en casa.

—Entonces… ¿piensas que Micah está aquí? —pregunté.

—Tal vez —Dillon se echó para atrás en el asiento y cerró los ojos —cuando lleguen a la puerta sólo pregunten si tienen algo de mierda.

—¿Mierda? —pregunté.

—Sí.

Me sentí confundida.

—A veces así le dice la gente al cristal cuando sale a buscarlo —dijo Tyler.

Yo no había visto ese nombre en la lista que saqué en mi investigación.

—¿Por qué?

—Porque sabe a mierda —dijo Dillon arrastrando la lengua—. Entonces, ¿Van a ir o qué?

Tyler me sugirió:

—¿Por qué no te quedas mejor en el auto?

—No —miré a Dillon quien ya había cerrado los ojos como si ya estuviera dormido—. Yo voy.

—Entonces, no te me despegues por favor —susurró Tyler antes de que saliéramos del auto.

Seguí a Tyler por el andador de ladrillos que llevaba a la puerta principal. Tocó tres veces y se abrió la puerta. Salió una mujer joven de cabello rubio y corto que traía puestos unos pants rosas. Nos barrió de arriba abajo con la mirada.

—¿Sí?

—Nos dijeron que tendrías algo de mierda —dijo Tyler.

Ella abrió la puerta y nos hizo la seña de que entráramos. Dudé por un momento. Me dio la sensación de que si cruzaba el umbral no habría vuelta atrás. Me vino a la mente rostro el rostro de Micah y eso me dio valor. Jalé aire y entré.

Dentro de la casa todo se veía como lo que aparentaba desde afuera: una sala con su sofá y sillón, una tele montada en la pared, un pasillo con puertas a lo que probablemente eran recámaras. En la tele, uno de mis programas favoritos; había gente sentada viéndolo. Un tipo con facha de surfista nos saludó con la cabeza cuando nos vio ahí. "Hey". No era Micah. Yo estaba a punto de enseñarle su foto a la mujer, cuando ella preguntó:

—¿Cuánto?

—Sólo para un jalón —dijo Tyler dándole dinero.

¿Qué estaba haciendo? Hice de cuenta que comprar droga era algo normal para mí y que lo hacía todo el tiempo. Entonces aparté la vista, metí las manos a mis bolsillos y me hice la desentendida.

La chica tomó el dinero y fue a la cocina. En el trasero de sus pantalones traía la leyenda "Cute". En eso se abrió una de las puertas del pasillo y salió un hombre de pantalón gris y corbata. Pasó frente a nosotros y reconocí el olor, como a cortina de baño. Olía a Micah cuando consumía.

—Toma —dijo la muchacha cuando regresó.

Nos extendió una bolsita de plástico transparente con unos cristales.

—Pueden usar el cuarto de la puerta abierta si quieren.

—Gracias —dijo Tyler tomando la bolsa y mi mano.

Ella se fue a sentar con los demás al sofá.

Tyler encendió la luz y cerró la puerta detrás de nosotros. Había una sola cama recargada contra la pared junto a un escritorio con lámpara. También había una silla pequeña con una canasta de libros infantiles a un lado. Un aro de basquetbol, para los que se usan las pelotas de espuma, colgaba de la puerta por adentro. De pequeño, Micah había tenido uno igual.

Me senté en la cama y me pregunté, *¿Se habrá sentado Micah aquí alguna vez?* Dudo que me hubiera dejado algún tipo de mensaje, un *Micah estuvo aquí* garrapateado en la pared, aunque no perdía nada en buscar alguna pista. Mis manos repasaron el edredón azul. Tal vez había fumado sentado en la silla mientras leía *George el Curioso*, uno de sus libros infantiles favoritos.

Sobre el escritorio descansaban los implementos para la droga: una pipa y un encendedor. Servicio todo incluido. Qué práctico. Tyler puso la bolsita de cristales junto a la pipa.

Me levanté y me puse junto a él. La bolsita se veía tan pequeña, tan insignificante.

—No parece mucho —dije.

—Es suficiente.

—Levanté la bolsita y me la puse en la palma de la mano. Qué locura pensar que todo el asunto con Micah había comenzado con esto. Abrí la bolsa y vacié el contenido en mi mano. No pesaba. Me incliné a olerla. Nada. De pronto mi cuerpo se agitó como si tuviera frío, pero no era así. Me sobrevino un deseo enorme. Quise probarla. Quería ver lo que había visto Micah, sentir lo que había sentido. Saber qué me lo había robado, como si compartiendo su ruina pudiera entenderlo mejor. Todo lo que necesitaba era un pequeño vistazo a su mundo. Podría probar los cristales, apenas tocarlos con la lengua. Nadie lo sabría más que Tyler. ¿A quién le diría? Probablemente ni siquiera me harían efecto.

Como si hubiera escuchado mis pensamientos, Tyler puso su mano sobre la mía, la cerró y caminó conmigo al baño junto a la recámara. Abrió la llave del agua caliente y luego se apartó. Era mi elección. Me quedé ahí parada un rato. Al final terminé por ver cómo desaparecían los cristales por el drenaje. El agua me quemó la mano pero la dejé ahí por más roja que se me puso.

Caminamos de regreso por el pasillo. La mujer de pantalones rosados se levantó del sofá.

—Gracias —dijo Tyler.

Ella nos acompañó a la puerta principal.

—Quisiera saber si lo has visto —le dije mostrándole mi foto desgastada de Micah.

—No —contestó sin siquiera verla—. Puedes preguntarles a ellos —señaló el sofá.

Cuando menos vieron la foto, pero nadie conocía a Micah. Claro que desde el principio las posibilidades habían sido mínimas. Estábamos en uno de los tantos agujeros de mierda en la ciudad. ¿Estaba lista para ir a todos?

—¿Eres su novia? —me preguntó la mujer cuando ya estaba afuera. Se recargó contra el marco de la puerta.

—No, su hermana.

—¿Quieres un consejo?

En realidad no, pensé y encogí los hombros.

—Deja de buscarlo —ella botó su cigarro en el andador—. Cuando él esté listo te buscará —y cerró la puerta.

Me froté la mano mientras regresábamos al auto de Dillon. Me punzaba roja y con la carne viva en el aire frío de la noche.

Veintidós

Dillon estaba prácticamente desmayado con la boca abierta sobre el asiento delantero de su auto. Tyler trató de despertarlo agitándolo y llamándolo por su nombre, pero ni se inmutó. Lo abofeteé y nada, se limitó a emitir un gruñido.

Tyler volvió a tomar el volante y yo me senté al otro lado de Dillon. Arrancábamos justo cuanto se acercó otro auto a la casa. Ni me molesté en ver si era Micah. Sabía que no.

Al voltear en la primera esquina Dillon resbaló contra mí. Su cabeza me cayó en el hombro. Lo empujé hacia Tyler.

—Rach, estoy al volante.

—Ya lo sé pero no lo quiero encima de mí. Le apesta el aliento.

Nos turnamos empujando a Dillon entre los dos un par de veces y luego Tyler se detuvo a un lado de la acera.

—A ver, ayúdame a pasarlo al asiento de atrás —dijo.

Él lo tomó del tronco y yo empujé el resto hacia Tyler, quien lo jaló fuera del auto mientras yo rodeaba para volver a sujetarle las piernas. Me tropecé con su peso. Con todo y su falta de estatura, Dillon seguramente estaba hecho de puro músculo. En eso se le zafó a Tyler y ambos cayeron sobre el asfalto. Tyler y yo nos paralizamos esperando que Dillon fuera a gritar o algo así, pero él no abrió los ojos. Reí nerviosamente.

—Anda —dijo Tyler también riéndose—, ayúdame.

Se levantó, volvió a sujetar a Dillon y lo fue acomodando en el asiento trasero. Batallé para ayudarle a Tyler, pero por fin Dillon quedó boca abajo sobre el asiento de piel negra con el trasero al aire. No puede evitar reír.

—No podemos dejarlo así.

Tyler empujó a Dillon para que quedara sentado y yo le abroché el cinturón de seguridad.

—¿Sabes dónde estamos? —le pregunté cuando nos volvimos a acomodar en el asiento delantero.

—Me suena, pero la verdad desearía poder usar mi teléfono en estos momentos.

—En fin. Vámonos. No importa adónde —dije recargando mi cabeza contra la ventana.

Tyler arrancó el auto.

—Podríamos conducir hasta el amanecer —le sugerí. Seguramente ya pasaba de la medianoche.

—Está bien. Directo hasta el amanecer.

El día había sido un fracaso total. No habíamos encontrado a Micah, nuestros teléfonos estaban muertos; mi auto, robado. Por Dios, por un momento había olvidado que no teníamos manera de regresar a casa.

Tyler sintonizó la radio y se puso a golpear el volante con los dedos al ritmo de "Teenage Dream", de Katy Perry. Luego se puso a cantarla. Sonaba ridículo, pero de eso se trataba. Me hizo reír y comencé a pensar que el día finalmente no se había desperdiciado por completo.

Tyler dijo que no podía conducir así sin saber hacia dónde. Decidió entonces alternar virando a la izquierda y la derecha a cada cruce que llegábamos. Así, en zigzag pasamos casas, tiendas y gasolineras. Nada y todo a la vez se veía familiar.

Le eché un vistazo a Dillon. Roncaba sonoramente.

—Odiaría tener que dormir en la misma la cama que él —me estremecí al pensar en cómo habría sonado aquello. No había sido mi intención expresarlo así—. Bueno, lo que quiero decir… —Tyler ni siquiera lo notó.

—Sí. Imagínate su pobre mamá. De seguro sus ronquidos traspasan las paredes.

—¿Cómo vas? —le pregunté.

—Me vendría bien una Coca.

—Creo que vi una tienda unas cuadras más atrás. ¿La viste?

—Sí.

Tyler dio vuelta y encontró la tienda. Se estacionó y me preguntó si quería algo. Le pedí algo de tomar, esta vez insistí en pagarlo. Tyler no me discutió porque se limitó a alargar la mano para tomar el dinero. Esperé en el auto con Dillon. Enfrente había un teléfono de monedas. Me acordé del número que llevaba en el bolsillo y lo saqué. *Ahora o nunca*, pensé. Encontré un poco de cambio en el auto, y antes de que pudiera arrepentirme marqué el número. Sonó cinco veces antes de que alguien atendiera.

—¿Diga? —dijo una voz masculina.

—¿Hola? —dije, pero nadie me contestó. Escuché la respiración del otro lado.

—¿Hola? ¿Me escuchas? —parecía que la persona iba en un auto.

—¿Micah? —susurré.

Escuché un *clic* en el teléfono. Me habían colgado. Con el pulso acelerado marqué de nuevo. Tal vez la persona que había contestado no escuchaba bien, a mí siempre se me cortaban las llamadas en ciertas zonas de la ciudad. El teléfono sonó un par de veces y luego mandó a buzón. "La persona a la que está llamando no está disponible." *Clic*. Ni siquiera me dio opción para dejar un recado.

Tyler salió de la tienda cuando yo colgaba el teléfono.

—¿A quién le hablas? —me miró confundido. Encogí los hombros.

—Sólo probaba. Nunca había usado uno.

—¿Un teléfono de monedas? Ni yo.

Metí el trozo de papel a mi bolsillo. Él me dio mi bebida.

—¿Estás bien? —preguntó.

—Claro —respondí evitando sus ojos.

—Me dijeron cómo regresar a la casa de Dillon.

—¡Vaya! Un hombre que se detiene a pedir indicaciones.

Tyler me ignoró.

—Estamos como a veinte minutos. Podríamos pasar la noche allá.

—Como tú digas.

Pensé en la voz y la respiración al otro lado de la línea. De seguro ni siquiera había sido Micah, aunque no era como que le conocía la respiración. Me dolió el pecho. Me puse la mano encima como cuando prestamos juramento a la bandera… como si con ello pudiera reconfortar a mi pecho… como si al aplicarle presión dejara de doler. Pero eso sirve cuando te sangra la nariz, no cuando tienes roto el corazón.

Cuando era pequeña me diagnosticaron un soplo. Esto significaba que mi corazón producía un rumor entre latidos. El doctor dijo que no tenía importancia y que no nos preocupáramos. Al parecer sólo importaba cuando iba al dentista o llenaba formularios para hacer deporte.

A Micah, sin embargo, le había preocupado mucho. Se le figuraba que se me podría detener el corazón. Hubo un tiempo en que quiso cerciorarse de que estuviera funcionando bien, sobre todo si habíamos estado corriendo en el patio. Lo llamaba un "chequeo de corazón". Ponía su cabeza contra mi pecho, cerraba los ojos y contaba. Una vez que escuchaba diez latidos levantaba la cabeza y me decía que sonaba bien, así que podíamos seguir jugando. Decía que alcanzaba a oír el rumor, pero yo sabía que eso era imposible sin un estetoscopio. Micah insistía en que lo oía, él era capaz de escuchar cómo susurraba mi corazón.

—¿Segura que estás bien? —preguntó Tyler dando vuelta en una calle.

—Sí —aguanté la respiración y dejé salir el aire lentamente.

Traía el pulso acelerado. Tal vez me estaba dando un ataque. Nah, era demasiado joven para eso. Me pareció escuchar el rumor del soplo mientras mi pulso golpeaba en mis oídos. Quizá se trataba de un ataque de pánico. Conté hasta diez.

—Dime si quieres que me orille…

—¡Cuidado!

Un gatito salió corriendo frente al auto. Tyler dio un volantazo y golpeó contra la acera y un bote de basura antes de pisar los frenos.

—Carajo —dijo.

—¿Dónde quedó el gato? —dije brincando fuera del auto.

—¿Gato?

—O gatito, o algo.

Levanté la vista y mis ojos recorrieron la calle y la acera. Volví a detenerme el corazón presintiendo que lo habíamos matado.

—Rach, para ya.

Tyler revisó los daños del auto. No había abolladuras, sólo un par de rayones donde le habíamos pegado al basurero.

—Me metiste un susto tremendo.

—¿Dónde está? —sentí que los ojos se me llenaban de lágrimas.

Tyler se quitó el gorro y se pasó la mano por el cabello.

—¿Qué cosa?

—El gato.

Me puse de rodillas y busqué debajo del auto. No estaba. Me volví a levantar y crucé los brazos sobre mi pecho.

—No lo matamos —dijo Tyler con voz suave.

—Tal vez —el aire pasó por dificultad por mi nariz.

No podía ver el gato por ninguna parte. Reparé en los rayones en la defensa.

—Nunca los notará.

—¡Hey! —gritó Dillon desde el asiento trasero. Tomó de mi bebida que yo había dejado en el auto.

—Mira quien regresa de entre los muertos —dijo Tyler. Dillon sonrió.

—¿Dónde estamos? —se estiró y bostezó con exageración.

—En ninguna parte, hermano. Te llevamos a casa.

Tyler y yo regresamos al auto. Dillon se inclinó hacia delante y recargó los brazos sobre el respaldo del asiento delantero.

—Aún nada de Micah, ¿eh?

—Nada.

Dillon se echó para atrás y sacó su teléfono. Observé la calle por la ventanilla. Tyler me lanzaba miradas, pero hice como que no notaba.

—Listo. Ya estamos.

—¿Para qué? —preguntó Tyler.

—Una de la madrugada en el estacionamiento de una tienda departamental.

Miré a Tyler y él asintió como diciendo, "Una vez más".

—No les prometo nada.

Promesas. Dejé de ver a Tyler y volteé el rostro hacia el frente. Las promesas servían para romperlas. Saqué el papelito de mi bolsillo. La voz al otro lado de la línea no había sido la de Micah. Había sido una tonta, no sería tan fácil. Y aun cuando lo hubiera sido... Me había colgado. ¿Para qué molestarme siquiera?

Bajé la ventanilla, saqué la mano y solté el trozo de papel que revoloteó en el aire. Dejé que mi mano subiera y bajara con el viento antes de meterla al auto.

Veintitrés

—Me dijiste que no lo harías —dije.

Micah, sentado sobre su cama, rasgaba la guitarra. No estaba conectada, así que emitía sonidos tenues y metálicos.

—Se supone que la palabra vale.

—No es para tanto —él comenzó a tararear y cerró los ojos.

—Tienes un problema —le dije como si no lo supiéramos.

—¡Rach! Deja de fastidiarme. Vete a estudiar o lo que sea en lo que te entretienes.

No me moví del marco de la puerta. Él siguió tocando.

—Mira —dijo sabiendo que era terca y que me podría quedar ahí parada toda la noche—. Se me fue la mano, lo sé. Pero lo tengo controlado. No hace falta que te preocupes.

—Pero...

Puso los ojos en blanco y se tapó los oídos con los audífonos. Titubeé. Si me había mentido una vez, ¿cuántas veces me habría mentido antes? Yo ya sabía la respuesta: siempre. Por algún motivo me había negado a verlo. Tal vez no quería hacerlo. Tenía que decirles a mamá y papá, pero ¿cómo hacerlo sin que él lo tomara como una gran traición? Me odiaría. Di la media vuelta y me dispuse a salir de la habitación.

—Oye, mira. Escucha esta nueva canción en la que estoy trabajando. ¿Qué te parece?

Micah se quitó los audífonos y comenzó a cantar. Me senté en la cama junto a él, como siempre hacía cuando me tocaba una canción nueva. Su voz me pedía que me olvidara de la noche anterior, que confiara en él, mientras él ponía en música el enojo de un chico cuya novia lo dejó. Sonaba tan bien, tan normal.

—¿Y? —preguntó cuando dejó de tocar—. No está terminada pero, ¿qué te parece?

—Divertida —le dije.

—Sí. Quería darle sentido de humor a todo el drama de cuando te dejan.

Mi teléfono zumbó. Era un mensaje de Keith.

—Es buena. Me tengo que ir.

—Salúdame a Keith —dijo Micah en tono de burla, hasta fingió la voz.

—Ya cállate —le dije levantándome de la cama.

—Estamos bien, ¿verdad? —preguntó cuando yo había llegado a la puerta.

—Sí —le dije, porque la verdad estaba volviéndose mucho más dolorosa—. Estamos bien.

—¿Me lo prometes? —Micah sonrió y se volvió a poner los audífonos antes de que yo pudiera responder.

—Te lo prometo —dije con voz baja.

Veinticuatro

Atravesamos un estacionamiento vacío y nos detuvimos detrás de unos arbustos, lo más lejos de la entrada que pudimos. Supuestamente a un *dealer* que conocía a Micah le gustaba atender sus negocios allí en las madrugadas. Me inundó la desesperación, probablemente porque era nuestro último esfuerzo por encontrarlo.

Tyler apagó el motor. Bajamos las ventanillas para que no se empañaran. El edificio enorme parecía mirarme fijamente. Yo detestaba este tipo de almacenes en particular. Entrabas y los productos vulgares y corrientes parecían gritar con toda esa gama de colores chillantes e iluminación. Me daba dolor de cabeza al instante. Todas las etiquetas decían *Hecho en China* o lo que fuera. Siempre había niños chillando y corriendo por los pasillos. Me daban ganas de que alguien prohibiera o clausurara el negocio.

—¿Y ahora qué? —pregunté en tono medio fastidiado.

—Esperamos —dijo Dillon.

—Pues ya pasa de la una. Tal vez deberías escribirle para estar seguros.

—Rach —dijo Tyler como advirtiéndome que me calmara.

—Está bien. Esperamos.

Yo no tenía mucha experiencia en eso de esperar a *dealers*, así que no sabía si eran puntuales o no. Dillon y Tyler no parecían creer que lo fueran. En mi opinión, no era buen negocio hacer que esperaran los clientes. Me ponía de nervios estar ahí sentada en la oscuridad. Para la 1:25 ya estaba bastante alterada.

—Di algo —le pedí a Tyler.

—¿Cómo qué?
—Lo que sea.
—Me pregunto cuántos autos cabrán en este estacionamiento.
Lo miré con mi expresión ¿hablas en serio?
—Cuatrocientos —dijo Dillon desde atrás.
—Yo creo que más.
—Tal vez.
—Te toca —me dijo Tyler.
—¿Cómo que me toca?
—Di algo.
Yo no sabía qué decir.
—No es tan fácil, ¿verdad? —dijo Tyler.
Escudriñé el estacionamiento vacío por la ventana. El tipo nos iba a dejar plantados.
—Entonces, ¿la estás pasando bien estas vacaciones de verano? —me preguntó Tyler.
Me hizo reír su intento de hacer plática.
—Sí, ¿y tú? —acomodé ambos pies en el tablero.
—Bien. Trabajo. Duermo hasta tarde.
—¿Todavía estás en la tienda de música? —le pregunté.
—Así es.
—¿Y te dan descuento? —preguntó Dillon.
—Veinte por ciento.
—Bastante justo.
Volvió el silencio al auto. Yo sabía que me tocaba hacer una pregunta para mantener la conversación, pero no quería tener que encargarme de la plática.
—El primer trabajo que yo tuve fue en una gasolinera —ofreció Dillon—, pero no por eso me dejaban llenar el tanque gratis.
—Yo cuido niños. No se gana mucho, pero es fácil —agregué.
De nuevo el silencio. Tyler y yo no habíamos tenido conversaciones incómodas en todo el día. Dillon seguramente había cambiado la ecuación.

—Creo que a lo mejor es él —dijo Dillon cuando entró un auto pequeño y oscuro al estacionamiento. Se detuvo en el otro extremo del lugar. No muy cerca, pero tampoco tan lejos. Afortunadamente nos ocultaban los arbustos.

—¿Qué hacemos? —susurré.

—Iré a hablar con él. Dame esa foto que has estado enseñando.

Dillon extendió la mano. Estaba a punto de abrir la portezuela, cuando apareció otro auto oscuro en el estacionamiento y se emparejó lentamente con el primero. Se estacionó justo a un lado del auto negro. Salieron tres tipos.

—Bajen las cabezas —dijo Dillon.

Me hundí en el asiento. Quería preguntar qué pasaba, pero esta vez presentí que lo mejor sería cerrar la boca. No podíamos ver nada, pero con las ventanillas abajo alcanzábamos a escuchar voces masculinas. Al principio parecían normales, agradables, como un grupo de amigos que platicaban. No entendía lo que decían exactamente. Entonces escuché el primer golpe.

—Mierda —susurró Dillon. Lo vi intentar asomarse por la ventana trasera.

Oí otro golpe, que no se parecía a los efectos de sonido de las películas. Carne sobre carne no sonaba a bofetada. Era como escuchar cuando mamá maceraba un pedazo de carne antes de cocinarlo. Me pregunté si así se habría escuchado cuando Micah golpeó a Keith. ¿Cuántas veces le habría pegado? ¿Cuántos golpes le habría podido regresar Keith?

Yo nunca había estado en una pelea. Bueno… solamente de tipo verbal. Cuando tenía doce, una niña llamada Marisol dijo algo feo de Micah en el autobús camino a casa. Yo le dije que se retractara, pero no quiso. Entonces, a media voz le dije que era una perra. Lo malo es que me escuchó y al calor del momento olvidé que se bajaba en el mismo lugar que Micah y yo.

Tan pronto como arrancó el autobús, ella me empujó por la espalda. Me tomó por sorpresa y caí con todo mi peso sobre la acera. Todavía tengo la cicatriz en mi rodilla donde me la raspé. Para cuando me levanté, Marisol ya había dejado la mochila en el suelo y se preparaba para atacarme, pero Micah la contuvo por detrás y le sujetó los brazos contra sus costados. Eso me dio tiempo para correr. No me detuve sino hasta que llegué a casa.

Abrí la puerta y casi la cierro cuando vi que Micah venía detrás de mí. Después de haberme conseguido un tiempo de ventaja había soltado a Marisol para correr. Era una niña grande para su edad, así que Micah probablemente también le tuvo miedo. Nos reímos de todo aquello después, mientras compartíamos una bolsa de papas fritas, pero creo que un bofetón de ella sí me habría mandado al hospital.

¿Cuántos golpes aguanta alguien antes de *perder la conciencia?* me pregunté. El sonido de los golpes, gruñidos y respiración agitada nos llegaba continuamente entre pequeñas pausas de silencio. De repente entre golpe y golpe se oían patadas. Yo quería que Tyler subiera la ventanilla. Me tapé los oídos y lo miré. Estaba asustado, y eso me asustó aún más.

—Podríamos escaparnos de aquí —susurró Tyler.
—¿Qué tal si nos siguen? —preguntó Dillon.
—Podrían vernos. ¿Te quieres arriesgar?
—No. Estamos bien. Estamos bien ocultos.
—Dillon…
—Entiende, si alcanzan a ver mis placas soy hombre muerto.

Dillon tenía razón. Tyler y yo quedaríamos a salvo, pero él vivía allí, a él podrían rastrearlo.

Por fin terminó la golpiza. Luego se abrió una portezuela y se oyeron más voces, el portazo de una cajuela, pisadas.

Controlé mi respiración pero mi pulso estaba enloquecido. Me esforcé por escuchar. ¿Se estaban acercando los pasos? Quizá. Puse la mano sobre la manija de la puerta lista para abrirla de golpe y correr si era necesario. Se escuchó una marcha. Un auto salió a toda velocidad del estacionamiento. Ninguno de nosotros abrió la boca. Nos quedamos quietos, escuchando. Escuché mi respiración acelerada y la de Tyler. Dillon se incorporó sigilosamente para mirar por la ventana. Abrió la portezuela.

Espera, le dije en mi cabeza horrorizada por lo que podría ocurrir. Salió y se echó al suelo a gatear. Tyler y yo nos levantamos un poco para observarlo. Dillon se alejó del auto y luego se paró entre los arbustos para echar un vistazo. Mi corazón latía a un ritmo rápido e irregular.

—Ya la libramos —dijo.

Tyler y yo salimos del auto y nos acercamos a Dillon. El primer auto seguía en el estacionamiento, pero a un lado en el suelo había un bulto oscuro. Dillon comenzó a caminar hacia el vehículo. Yo no quise seguirlo, pero Tyler me tendió la mano. La tomé y me jaló hacia él en actitud protectora.

Caminé mirando en todas direcciones, temerosa de que alguien saltara de su escondite para atacarnos. Pero sólo estábamos nosotros tres y el cuerpo amontonado del joven que yo ya alcanzaba a distinguir en el suelo.

—Hey —dijo Dillon cuando se aproximó al cuerpo.

Silencio. Pero, de nuevo, ese olor dulzón a óxido: sangre. Dillon estiró el pie y movió suavemente al hombre que no reaccionó. Dillon se inclinó sobre él y le hizo una seña a Tyler para que hiciera lo mismo. Tyler me soltó la mano y ayudó a Dillon a rodar al hombre para que quedara de espaldas.

Se me cortó el aliento. Tenía el rostro, o lo que quedaba de él, cubierto de sangre que escurría en el suelo. Ambos ojos se le habían cerrado de la hinchazón y su nariz estaba aplastada; la boca parecía una cicatriz abierta. Al parecer había usado sus manos para protegerse porque las tenía cubiertas de heridas. Tyler estiró el brazo para tomar la muñeca del hombre.

—Está vivo.

El hombre lanzó un tenue alarido, como queriendo confirmarlo.

—De milagro —dijo Dillon—. Ayúdame a ponerlo de lado.

Cuando lo hicieron le noté una herida sangrante en la nuca. El hombre trató de decir algo, pero no le entendí. Tosió y escupió sangre por la boca. Me agaché y puse mi mano en su pecho.

—¿Cómo se llamará?
—No sé —dijo Dillon.
—Vas a estar bien —le dije al hombre—. Te vamos a ayudar.
Tomé su mano ensangrentada entre las mías.
—Tenemos que conseguirle ayuda.
Tyler y Dillon no dijeron nada. Sólo se le quedaron viendo al hombre herido.
—¿Qué? —pregunté.
—Busca en sus bolsillos a ver si está allí su teléfono —dijo Dillon.
Con cuidado para no lastimarlo, lo esculqué y encontré uno en el bolsillo de atrás.
—Toma.
Dillon marcó 911.
—Las heridas en la cabeza sangran muchísimo —les dije bloqueando el rostro de Keith de mi mente.
—Listo. Ya vienen en camino —Dillon retiró la tarjeta sim y se quedó con el teléfono—. No puedo dejar que rastreen mi número con esto.
—No podemos dejarlo así —dije.
—Tenemos que —respondió Tyler.
Levanté los ojos y les eché una mirada enojada aunque sabía que tenían razón. La policía nos haría toda clase de preguntas: qué hacíamos allí, qué vimos, con quién más estábamos. Quién sabe en cuántos problemas nos meteríamos.
Dillon se asomó al interior del auto. Ni siquiera se llevaron toda la hierba. Qué desperdicio.
—Ni lo pienses —dijo Tyler.
Corrimos hasta el auto.
—Ella no puede entrar así —Dillon abrió la cajuela y sacó una camisa—. Toma. Límpiate.
Sacó un cigarro de la cajetilla en sus pantalones y lo encendió.
Mis manos estaban bañadas con la sangre del hombre. Traté de limpiarlas pero estaba temblando. Tyler sujetó la camisa y me frotó

las manos suavemente. Arrojó la camisa manchada en la cajuela y me dirigió al asiento delantero. Esta vez Dillon condujo y Tyler se sentó entre ambos.

—Vaya mierda —dijo Dillon, ya que nos habíamos alejado bastante.

Se rio nerviosamente.

—Bueno, niños, yo creo que ya estuvo bueno para una noche —dio una fumada larga y sopló el humo por una rendija de la ventana—. Mierda.

De pronto me sentí claustrofóbica. Dillon se detuvo en un alto y a la distancia vi un parque pequeño. Busqué la manija de la portezuela.

—¿Qué haces? —preguntó Tyler.

—Tengo que salir de aquí —abrí la puerta y me salí. Tyler me siguió. Como ya era tan tarde éramos los únicos parados en el cruce. Me dirigí a Dillon.

—Gracias.

—¿Seguros? Se pueden quedar en mi casa —Dillon pronunció las palabras, pero en ellas podía advertiste el alivio que significaba dejarnos ir.

—Lo sé.

—Les aviso si sé algo de Micah.

El semáforo se puso en verde. Dillon agitó la mano y arrancó. Observé por un momento las luces traseras del auto con las manos metidas en los bolsillos de mi sudadera.

Tyler me siguió cuando atravesé la calle y llegué al parque. Los columpios colgaban lánguidos frente a nosotros.

—Estuviste increíble hace rato —dijo Tyler—. La mayoría de la gente no se hubiera acercado al tipo.

—Nadie se merece eso. Ni siquiera los traficantes.

Caminé hasta los columpios y me senté en uno. Tyler se puso detrás para empujarme, sólo un poco, lo suficiente para mecerme. Yo no le ayudé impulsándome con las piernas, pero sí las levanté para no arrastrar los pies en la tierra. Temblé como si tuviera frío, así que me sujeté de las cadenas del columpio y traté de ignorar el rechinido oxidado de las bisagras.

Tyler me dio un empujón fuerte y yo me eché para atrás para subir lo más alto posible. Él me empujó una y otra vez, sus manos como una presencia constante sobre mi espalda. Cada vez que subía cerraba los ojos imaginando que podía volar lejos, como lo hacía de niña. Deseaba regresar, ser nuevamente una niña. Regresar a cuando todo era sencillo y no había que preocuparse por exnovios ni abuso de sustancias. A cuando Micah y yo éramos inocentes y puros.

Veinticinco

Después de columpiarnos un rato, comenzamos a caminar en silencio. Tyler parecía saber adónde ir, así que lo seguí sin cuestionar. Dejé de buscar en las calles. Dejé de mirar a los ojos a cada extraño nocturno que pasábamos. No miraba dos veces a cada tipo tatuado de cabello café que veía. Me había dado por vencida. Si no pudimos encontrarlo hoy, tal vez nunca lo haríamos.

Llegamos a una parada de autobús. Tyler estudió el mapa de rutas e itinerarios.

—Bueno, podemos esperar el siguiente —dijo.

—¿A qué hora pasa? —dije acomodándome en la banca. Estaba cansada; más por las emociones del día que por haber caminado.

—Seis y media. La verdad sólo faltan un par de horas.

Cerré los ojos y apoyé la cabeza contra un anuncio de acrílico.

—Podríamos tomar el autobús hasta la estación del tren que nos llevaría por lo menos hasta Escondido. Alguien nos puede recoger ahí sin problema.

Me recosté en la banca con la imagen en la cabeza de un indigente tapándose con una manta.

—Sólo nos hace falta un periódico.

—No vamos a dormir aquí afuera, tu hermano me mataría.

—Mmm. Pues entonces qué bueno que él no está aquí.

—Ya pensaré en algo. No te preocupes.

—De eso no me cabe la menor duda —respondí.

Me estiré de espaldas en la banca y miré el cielo. Las estrellas prácticamente habían desaparecido con toda la contaminación luminosa en esta parte de la ciudad.

Tyler hundió sus puños en los bolsillos delanteros de su pantalón. Miró a uno y otro lado de la calle. Parecía muy nervioso. Quizá debía reconfortarlo; decirle que todo iba a estar bien; que no lo culpaba por no haber encontrado a Micah. Pero no. Me puse a dibujar el distante perfil de la ciudad con el dedo. Los edificios eran industriales y cuadrados. En los lugares donde se fundían los vecindarios, los contornos se volvían más distintivos, aunque seguían siendo similares. De pronto, mi dedo siguió un contorno que subía y bajaba abruptamente.

—Vámonos —le dije poniéndome de pie y colgándome la mochila al hombro.

—¿Adónde?

—A un lugar que podría ser útil —apunté con el dedo.

Me estudió el rostro unos momentos y luego dijo resignado.

—Tú dices por dónde.

Nos fui llevando lo mejor que pude, aunque era difícil seguir las pistas a medianoche en una ciudad que no conocía. Cruzamos una intersección concurrida donde había una gasolinera y una tienda de abarrotes. Di vuelta en una calle lateral donde pasamos fachadas iluminadas por sus lámparas exteriores.

Frente a una de las casas se escuchaba el chorro discreto de agua que caía desde una pequeña cascada a un estanque. Los arbustos, regados por todo el jardín, estaban recortados en forma de animalitos. Todo se veía lleno de paz, pero yo no tenía idea de lo que pasaba al interior de la casa. Me detuve y levanté la mano.

—¿Segura que sabes para dónde vas? —preguntó Tyler.

Volví a trazar la punta del edificio en el aire. Me guio como una estrella en la noche.

—Totalmente.

Las casas mutaron en edificios de departamentos que salían de entre casuchas decrépitas que fingían ser dúplex. Tyler caminó más cerca de mí. Si algo aprendí ese día es que tiene un espíritu en extremo protector, pero a mí eso no me molestaba.

Pasamos debajo de una lámpara de la calle rota. Una cuadra más adelante, la colonia volvía a mejorar. Era extraño cómo todo podía cambiar de una cuadra a otra.

Me detuve nuevamente, esta vez frente a un edificio blanco, bajo pero con una torre alta. Ninguna de sus luces estaba encendida, ni por dentro ni por fuera. Caminé hasta las puertas de madera grandes y sólidas y las toqué: eran sencillas, sin labrados ni marcas. Dos aros negros enormes servían de manijas. Jalé uno, pero la puerta estaba atrancada.

—¿Qué haces? —susurró Tyler.

Me encorvé y recargué el cuerpo contra la puerta vieja. Al otro lado de la calle se levantaba una licorería con servicio de 24 horas. Sonreí de pensar en las luchas entre ambas organizaciones por las almas de la gente que se confesaba una noche y pecaba la siguiente. Seguramente les iba bien a ambos negocios.

Yo no sabía qué clase de iglesia era aquella. Tampoco si la dirigía un reverendo o un sacerdote. No importaba cuál religión se reuniera allí los domingos, yo sabía que había mayores probabilidades de hablar con Dios dentro del edificio que en ninguna otra parte.

Tyler se arrodilló junto a mí.

—¿Éste es el lugar? —preguntó quedamente.

—Éste es el lugar —asentí.

Su mano tomó uno de los aros gruesos. Por encima del hombro de Tyler vi que un hombre mayor salía de la licorería con una bolsa de papel grande entre las manos.

—No importa —dije.

Tyler se incorporó y me tendió su mano libre.

—Ven —dijo.

Permanecí inmóvil.

—¡Anda!, encontremos otra manera de entrar.

Tomé su mano extendida. Estaba fría pero me calentó la piel.

Por un lado de la iglesia crecían unos arbustos grandes, así que prácticamente tuvimos que abrazarnos de las paredes. Había un par de ventanas altas y redondas por un lado. Tyler intentó abrir una. Cerrada con seguro. Probó la otra. Lo mismo. Caminamos alrededor hasta el otro lado de la iglesia y jaló la manija de una de las ventanas de ese lado. Esta vez cedió. Con un jaloncito se abrió completamente.

Él la escaló primero y me jaló detrás. Me apoyé en Tyler con ambas manos y me tropecé cuando me bajó al piso.

—Perdón —dije, agradecida de que en la oscuridad no me viera sonrojar.

Casi al instante me llenó una sensación de calma. En una mesa junto a mí vi unas veladoras apagadas. Tomé un fósforo y las encendí todas. La luz de las veladoras refulgió hasta las esquinas del salón. A ambos lados del tapete rojo en el pasillo central se alineaban las bancas sencillas de la pequeña iglesia. Al frente, como un presagio, el cuerpo moribundo de Jesús colgaba de una gran cruz encima del púlpito que usaría el sacerdote para hablar. Definitivamente era una iglesia católica. Aquel Cristo sangrante sobre el madero no dejaba lugar a dudas. Las iglesias protestantes como la de Michelle también tenían representaciones de Jesús, pero generalmente evitaban mostrarlo en la cruz. Tyler cerró la ventana detrás de nosotros.

—¿Crees que estaremos en problemas si alguien nos encuentra? —susurré.

—¿Preguntas que si nos acusarán por invasión y vandalismo? Depende. No vamos a robar nada, ¿verdad?

—No.

—Quizá sólo por allanamiento de morada. Pero es una iglesia, es un lugar donde supuestamente la gente acude para recibir. Si viene alguien, le diremos que no teníamos adónde ir.

El razonamiento de Tyler me ayudó a relajarme. Hasta cierto punto, tenía razón. No teníamos adónde más ir. Faltaban horas antes de que pudiéramos tomar algún transporte. En la pared, debajo de las veladoras había una imagen de Jesús cargando la cruz.

—Es la segunda estación del Vía Crucis —dije.

—Y eso, ¿qué es? —preguntó Tyler como si nunca lo hubiera visto.

—Las Estaciones de la Cruz, el camino del dolor.

—No sabía que ibas a la iglesia.

—Sólo el domingo de Pascua de Resurrección. Mi mamá nos obliga. Digamos que ya he escuchado el mensaje varias veces y algo se me tenía que quedar. Es como una secuencia de viñetas en una historieta, ¿lo ves? —señalé con el dedo algunas de las otras representaciones—. Puedes seguir el relato mirando las imágenes alrededor de la iglesia.

Tyler se detuvo frente a una en la que Jesús ya se veía cansado. Me dio lástima. Aún no sabía todo lo que le faltaba por pasar.

—¿Por qué susurramos?

Moví la cabeza. Tyler levantó los brazos al cielo, como diciendo "¿Qué?". Claro que se susurra en una iglesia. Yo no sabía realmente por qué, pero todo mundo lo hacía, así que la razón no importaba.

Atravesé el pasillo al otro lado donde colgaban otras escenas del Vía Crucis sobre mesas con veladoras. Encendí unas cuantas más. No recordaba el significado de encender veladoras, pero en ese momento, necesitábamos más luz. Esperaba no ofender a nadie con ello, pero en alguna parte había escuchado que es mejor pedir perdón que permiso. Se me ocurrió que si era necesario, pediría perdón después.

A la luz de las veladoras, la iglesia se sentía como un templo medieval, como si fuera a pasar un monje en cualquier momento.

Tyler se puso frente al púlpito. Extendió ampliamente los brazos y cruzó miradas con el Jesús arriba de él.

Yo seguí el Vía Crucis un rato. Jesús carga la cruz. Jesús cae por primera vez. Jesús encuentra a su madre María. Jesús cae por segunda ocasión. Me detuve frente a la escena de Jesús siendo clavado en la cruz. Este Jesús me era más familiar: flaco, demacrado y desnudo excepto por el paño blanco atado a su cintura. Su pecho sobresalía incómodamente de la viga de madera. Su estómago se sumía cóncavo. Sus piernas colgaban como huesos frágiles.

Sin embargo, esta expresión suya era la que reflejaba la verdad más dura. Sus ojos sumidos en sus cuencas miraban hacia el cielo. Sus pómulos, dibujados con líneas severas, pronunciaban todavía más su agonía. La verdad, yo conocía ese rostro. Había visto ese dolor varias veces aquel día. También lo había visto en mi hermano. ¿Quién lo hubiera pensado? Jesucristo tenía algo en común con un adicto a la metanfetamina.

Me acerqué a una banca y me senté en el centro sobre la madera dura. No había cojines. Tal vez el padre quería que la gente se sintiera incómoda y que eso les recordara el sufrimiento de Cristo.

En unas vacaciones familiares me tocó visitar catedrales antiguas en Montreal. Había sentido cierta incomodidad de caminar entre la gente en la intimidad de sus plegarias, pero el guía de turistas dijo que no había problema si no hacíamos ruido. La gente oraba con las cabezas inclinadas y las manos sobre el regazo. Algunas personas se arrodillaban.

Debajo de la banca frente a mí vi un reclinatorio. Me hinqué, junté mis manos frente a mí y enlacé los dedos como había visto a otros hacerlo.

Cerré los ojos y esperé. Escuché a Tyler caminar sigilosamente a una hilera de bancas detrás de mí. Oí el tintinar de sus llaves y luego cómo se estremecieron al estrellarse contra la madera cuando se sentó. La respiración se me hizo más lenta. Detrás de mis párpados primero vi negro y amarillo, luego negro con manchas anaranjadas. Traté de quedarme totalmente quieta y entregarme a la calma a mi alrededor. Todo estaba tan callado. Casi pensé escuchar cómo se movía la flama en los pabilos de las veladoras. Sonaba como una respiración.

Traté de aclarar mi mente y pensar en nada, pero como no podía imaginar la nada, traté de visualizar un espacio vacío, amplio como un campo de césped seco y amarillento. Luego visualicé el campo que rodeaba nuestra casa cuando yo era niña. A finales del verano, cuando levantaban los vientos, del suelo se desprendían plantas rodadoras gigantes que nos perseguían a Micah y a mí por nuestra calle. Llegábamos corriendo y riéndonos a la casa. Él siempre me ganaba a la puerta y la detenía gritándome que me apurara. Yo siempre llegaba justo a tiempo y él cerraba la puerta inmediatamente antes de que nos alcanzaran. Un par de segundos después oíamos como las plantas-monstruo golpeaban contra la puerta. A la mañana siguiente la calle quedaba cubierta de ramitas secas.

Borré la calle de mi mente y me concentré en el campo antes de las plantas rodadoras. El césped verde limón, como hortaliza de trigo meciéndose con una brisa ligera.

Aprendí a meditar con mi maestra de inglés en primer año de bachillerato. Era una mujer con el cabello blanco, corto y delgado que llevaba un aro en la nariz. Siempre parecía que ella necesitaba ese ejercicio más que nosotros. Acostumbraba iniciar la clase poniendo música instrumental de la India o algo similar mientras entrábamos al salón.

Al principio, todos nos opusimos. Se veía demente cuando cerraba los ojos y hablaba de imaginarnos un lugar seguro. Algunos de los chicos se reían y burlaban de ella. Finalmente, nos acostumbramos, hasta los que se resistían. Llegué a esperar la meditación con gusto, incluso cuando pasó lo de Keith. Hasta me ayudó a pasar muchos de los días más duros.

Las veces que tuvimos maestros sustitutos, al inicio de la clase uno de nosotros encendía el sistema de sonido e iniciaba el ejercicio de respiración. Los sustitutos siempre nos miraban sorprendidos. No estaban acostumbrados a ver a treinta y cinco chicos de catorce años aguardar sobre el suelo en silencio, y menos que éstos abrieran los ojos al mismo tiempo cuando terminaba la música.

En la oscuridad de la iglesia esperé a que me llegara algo. Borré el campo de mi pensamiento y volví a comenzar. Apareció el rostro de Keith, junto con las palabras que había escrito sobre mí. Esta vez no intenté hacerlo a un lado.

—Con Keith fue mi primera vez —me incorporé y me senté sobre la banca—. Vaya elección, ¿no?

Tyler se movió para sentarse junto a mí. Apoyé mis pies en la banca frente a mí. Tyler hizo lo mismo, como si estuviéramos sentados en un cine mirando a una pantalla grande en lugar de a un Cristo crucificado.

—Cuando rompí con él y escribió las cosas que escribió, pensé que iba a morir. La verdad es que él era el infiel. Yo nunca pronuncié palabra.

—Tal vez debiste hacerlo.

—Sí, tal vez. Pero no hubiera cambiado nada. Apuesto a que te preguntas por qué salía con él —me avergonzaba la razón, pero no me callé. Hasta cierto punto estaba ansiosa por dejar salir la verdad—. Me gustaba la *idea* de Keith. No sé si lo entiendas. Ya sé. Suena a lugar común, pero ésa es la cosa con los lugares comunes, ¿no? Que suceden. La verdad, no quería estar sola, así que quizá yo misma me lo busqué.

—Ya sabes que eso no es cierto —dijo Tyler.

El problema era que muy adentro parte de mí creía que lo merecía, que Dios me estaba castigando por no ayudar a Micah cuando debí.

Tyler se quedó callado unos momentos.

—Bueno, ya que llegó la hora de las confesiones. Supongo que me toca, ¿no?

Tyler se sentó derecho con las piernas cruzadas y se volteó para mirarme directamente. Yo no alcanzaba a decidir si estaba jugando conmigo.

—¿Qué quieres decir? —le pregunté con tiento.

—¿Crees que eres la única que se guarda secretos? —susurró.

—No, imagino que no —sonreí.

Tyler aspiró profundamente y luego comenzó a hablar muy rápidamente.

—De chico yo mojaba la cama. Mamá tuvo que comprarme pañales hasta que tuve diez años.

—¡No!

—Totalmente cierto. Nunca me quedaba a dormir en casa de mis amigos. Mi terapeuta dijo que quizá tenía algo que ver con el alcoholismo de papá.

Me quedé con la boca abierta.

—¿Fuiste a terapia?

—Durante tres años. Bueno, ahora aquí te va el secreto número dos... No, bueno, lo del psicoloco es el número dos. El secreto número tres es que mi primer beso fue hasta los catorce años.

Le cambió la voz como si recordara un sueño.

—Yvette López. La conocí un verano en México. Ella no hablaba mucho inglés, así que tuve eso a mi favor —se rio discretamente con el recuerdo.

Yo me enderecé. Subí mis piernas a la banca para abrazarme las rodillas.

—Una vez hice trampa en un examen de mate —dije—. Sólo quería ver si podía hacerlo y salirme con la mía.

Me estremecí. Me había dado tanto miedo pensar que me metería en problemas y que el maestro me reprobaría. Pero no pasó nada fuera de que me sentí fatal durante un par de semanas.

—Yo traté de robarme un CD de las tiendas Target, pero me pescó uno de los empleados.

—¿Y luego? —pregunté.

—Llamaron a mis papás y amenazaron con remitirme a las autoridades, pero el gerente me dejó ir con una advertencia. Me castigaron una semana completa.

—¿Qué disco era?

Él sonrió y se hizo el desentendido.

—Anda, es la hora de las confesiones —le di un codazo en las costillas.

—Shania Twain.

—¡Noooooooo!

—¡Me gusta toda clase de música!

—Yo le pegaba a Micah hasta que lloraba, y luego lo negaba delante de mis papás y les decía que él me había golpeado. Fui una hermana espantosa.

—De nuevo, otra de las ventajas de ser hijo único —sonrió y se quedó callado.

Sus manos jugueteaban con las hilachas con que remataban sus jeans.

—Bueno, no. Como hijo único también tienes que guardar los secretos que se tienen tus papás. Cuando tienes hermanos te libras un poco. El año pasado sorprendí a mi mamá con otro tipo. Por alguna razón salí de la escuela temprano, llegué a casa y la vi, haciéndolo en plena sala.

Me quedé atónita.

—Créelo, es algo que no quieres ver.

Volvió a sonreír, pero observé el dolor detrás del gesto.

—¿Lo sabe tu papá?

Tyler negó con la cabeza.

—No creo. Tampoco lo hablé después con mamá. Esa noche se limitó a prepararle a papá su platillo favorito y nos olvidamos del asunto.

—Eso es espantoso. Lo siento tanto.

—Descuida, estamos bien.

Aceptar la verdad fue como quitarse una bandita: al principio duele, luego te deja una marca roja y ese pegote gris que tienes que levantarte de la piel.

—Yo nunca le dije a mis papás dónde tenía Micah su escondite, ni cuando andaba viajado, ni que siempre supe que consumía. Debí haberles dicho. Habría servido de algo.

Tyler trató de interrumpirme, pero levanté la mano para detenerlo.

—Entre más tiempo seguía, más hondo caía Micah y más quería yo que todo desapareciera. Llegó al punto en que no podía dormir del estrés —mi voz se quebraba como el parpadeo de las veladoras—. Entonces comencé a desear que Micah desapareciera para que ya no tuviera que lidiar con él. Y cuando se fue, al inicio sentí alivio, pero luego...

El peso de la culpa que había llevado desde que Micah desapareció me impedía continuar.

—No es tu culpa. Todo este asunto con Micah fue porque él así lo eligió.

—Lo sé, pero...

—Mira —me interrumpió—. Micah era como un hermano para mí, al menos lo que yo imaginaba que sería un hermano. Nos peleábamos, pero yo siempre tenía la seguridad de que él me cuidaba las espaldas. Él es el que se fue. Tú no lo corriste. Yo también lo quiero, pero él tiene que decir que es suficiente por sí mismo. Tu culpabilidad no lo hará volver más pronto.

—Yo... yo... —traté de hablar, pero se me llenaron los ojos de lágrimas—. Es que... su recámara es como una tumba abierta. Y mis papás... No lo pueden soportar. Apenas me hablan, apenas si hablan entre ellos. Yo sigo siendo su hija, pero bien podría haberme ido también. Es como si yo no hubiera significado nada para Micah. Todo siempre está en silencio. A veces siento que no puedo respirar —ya para entonces yo lloraba abiertamente—. Pensé que si encontraba a Micah, podría arreglarlo todo y regresaríamos a como estaba antes; que podría recobrar una sensación de normalidad.

Tyler se levantó y caminó a la parte trasera de la iglesia.

Excelente, pensé. *Ya logré mortificarlo. A lo mejor es de los que no sabe qué hacer cuando llora una mujer y también terminará por irse.*

Reapareció a mi lado.

—Toma —me dio un par de pañuelos de papel—. Atrás hay un baño.

—Gracias —me limpié los ojos y la nariz. Miré alrededor del templo iluminado con veladoras.

—Tyler, ¿tú rezas?

La pregunta pareció tomarlo desprevenido.

—A veces, supongo.

—Yo, la verdad, no me sé ninguna oración —dije.

Tyler recogió uno de los libros que había en la banca.

—Mira, aquí hay un montón —recorrió las páginas y volvió a dejar el libro en su lugar—. Probablemente no son las que buscas. Mira, cuando mi papá asistía al programa ése y trabajaba en sus pasos, hacía oración. Dijo que había comenzado a hablar con El de Arriba. A lo mejor deberías decirle lo que te haga falta.

Como para ayudarme a comenzar, Tyler se sentó en la banca y cerró los ojos. Yo cerré los míos y pensé en el nombre que usaba de niña.

—Pues mira, Frank… Estoy enojada. No, más bien estoy furiosa. Vine hasta San Diego. Les mentí a mis papás. Me robaron el auto. Un *dealer* loco por poco nos mata. Con todo, yo pensé que encontraríamos a Micah. Pensé que me ayudarías o algo así. Pero no. Todo esto ha sido una enorme pérdida de tiempo —dejé de hablar y conté hasta seis para calmarme antes de volver a empezar—. ¿Y valió la pena? ¿Qué caso tiene?

Abrí los ojos y miré al Jesús gigante. Vi su rostro atormentado, su cuerpo contorsionado. ¿Por qué siempre estaba colgado de una cruz? ¿Por qué nunca lo bajaban de la maldita cosa? ¿Qué clase de gente venía semana tras semana para verlo sufrir de esa manera? ¿Eran sádicos? ¿Ver a su Dios en agonía los hacía sentirse mejor?, ¿algo así como cuando te da un poco de gusto saber que el otro la está pasando peor?

Desde donde me encontraba no podía ver el color de los ojos de la imagen, pero le veía los ojos de Micah, mis propios ojos ambarinos, café rojizo. La sangre de las manos de Jesús fluía a la herida en su costado y luego continuaba por sus piernas. Tanta sangre. Micah se estaba matando a sí mismo y yo no podía hacer nada al respecto. Yo sólo quería saber por qué.

Jesús me veía, ahí colgado en toda su agonía y de pronto comprendí algo: todos sufrimos. Micah consumía drogas. Yo me había liado con el chico equivocado. Tyler guardaba secretos. A un *dealer* lo golpearon hasta dejarlo hecho pedazos. Pero había algo más.

A veces tenemos que atravesar ese dolor solos. Vi la imagen en la pared, ésa en la que alguien de la muchedumbre ayuda a Jesús con su cruz. En ocasiones alguien está allí para echarnos la mano.

Recordé la oración del grupo de rehabilitación de Micah. "Dios, concédeme la serenidad para aceptar lo que no puedo cambiar, el valor para cambiar aquello que sí puedo y la sabiduría para distinguir la diferencia."

—Amén —dijo Tyler.

—Amén.

Me recosté en la banca. Ya no quería pensar ni hablar; sólo dormir. En eso me entró otro pensamiento en la cabeza.

—¿Qué les voy a decir a mis papás del auto?

—Generalmente, la verdad es lo menos complicado.

Tyler se levantó y comenzó a apagar las veladoras. Cuando terminó regresó a donde yo estaba acostada. Casi me había dormido.

—Nunca hice mi última confesión —dijo calladamente.

—¿Mmm? Me la puedes decir en la mañana —murmuré.

—Técnicamente ya es de mañana —pausó un momento—. Keith fue un cretino que nunca pudo ver el regalo que había recibido.

Yo no dije nada porque era cierto. Cerré los ojos. Estaba lista para dejar pasar ésa.

Veintiséis

Cuando desperté me dolían los músculos. Debí haberlo supuesto: si la banca era incómoda para sentarse, mucho más para dormir. La luz incierta de la mañana me indicó que todavía era temprano. Me vi cubierta con las togas de los integrantes del coro. Sonreí. Seguramente Tyler las había conseguido. Lo último que recordaba era haber estado hablando con él. ¿Dónde estaba?

Lo encontré en la banca detrás de la mía. Tirado de espaldas parecía más cómodo que yo. Se había echado el gorro sobre el rostro, y le cubría hasta la barbilla. Me asomé por encima de la banca y le di un empujón. Gruñó. Lo volví a empujar.

—¡Ya, ya! Hora de despertar.

De un movimiento se sentó y se talló los ojos. Se pasó los dedos por el cabello negro. Notó que lo observaba.

—Qué linda se ve usted por la mañana.

—Guárdatelo. Voy al baño. Más vale que nos vayamos antes de que alguien llegue.

Frente al espejo del baño hice una mueca cuando vi mi cabello aplastado. Traté de acomodarlo usando los dedos como cepillo, pero no funcionó. Me hice una cola de caballo y usé el sanitario. Me salpiqué el rostro con agua y pellizqué las mejillas para tener rubor al instante. Cuando menos me veía limpia y sana. Nada mal después de haber pasado la noche entera en la calle.

Tyler esperaba junto a la puerta cuando salí.

—Me toca.

Me hice a un lado para que pasara y me sentí un poco incómoda. Sentía la intimidad de haber pasado la noche juntos, sin haberla pasado juntos. Algo había cambiado entre nosotros. No sabía cómo definirlo, pero daba la sensación de un nuevo comienzo.

—Perdón —dije turbada.

Él sonrió y esta vez no luché contra su efecto encantador. Miré la nave principal de la iglesia. Lejos estaba aquel ambiente sombrío y medieval. Los rayos del sol se filtraban por las ventanas de cristales emplomados. Caminé al centro y extendí la mano para tocar uno de los haces. Casi esperaba que me quemara un agujero en la palma de la mano. Me gustan las mañanas porque cada día es como una nueva oportunidad. Clavé la vista en una ventana grande cerca del frente. No la había notado en la oscuridad, pero a la luz del día sobresalía de entre las demás.

Era la Ascensión. Una aureola coronaba la cabeza de Jesús y había gente arrodillada frente a Él. Se veía en calma y en paz. Ya no sufría. Regresé los ojos al Cristo sangrante y sonreí. Al final, saldría adelante.

—¿Lista? —me preguntó Tyler por detrás.

—Sí —pero me quedé con la luz del sol en las puntas de los dedos unos momentos más.

Debajo del brazo llevaba un paquete con rosquillas. Con la mano libre abrí la puerta del refrigerador de la tienda para sacar algo de beber. Encontré una de esas bebidas con vitaminas, pero en la lista de ingredientes vi que contenía tanta azúcar como un refresco. La dejé en su lugar. En el caso de las rosquillas no había tanto problema, pero en algo tenía que poner un límite. De por sí ya había violado mi boicot contra las bebidas carbonatadas durante el almuerzo con Tyler. Me fui por una botella de agua genérica.

Tyler se ocupaba con un vaso de café al otro lado de la tienda. Me enteré de que lo tomaba negro. Me pareció muy maduro de su parte. Volteó y se dio cuenta de que lo miraba. Moviendo los labios me preguntó si yo quería. Negué con la cabeza.

El hombre en la caja veía las noticias en un diminuto televisor que colgaba en una esquina. Al parecer ya se juntaba el tránsito e iba a hacer calor. Muy pronto aparecería algún chef explicando la mejor forma de preparar pollo a la parrilla. Afuera, un par de autos se surtían de gasolina, pero nosotros éramos los únicos en la tienda.

Tyler se me acercó con su café grande.

—Imagino que no eres de esas chicas a las que les gustan espolvoreadas con azúcar —dijo señalando las rosquillas.

—No. Me gustan sencillas o glaseadas.

—Tomo nota.

Bajé la cabeza, pero sonreía porque se sentía bien que Tyler tomara nota de las cosas que me gustaban.

—Claro, en caso de duda siempre se puede ir por unos Cheetos o CornNuts —hizo un gesto señalando el pasillo de las botanas.

Yo no conocía a nadie que comprara CornNuts, pero seguramente había gente a las que les gustaba. ¿Por qué otro motivo llenarían con ellos un aparador?

—Si compras CornNuts definitivamente no viajaré contigo de regreso. El peor aliento que hay en el mundo es el que dejan esas cosas.

—Muero de hambre. Necesito algo además de rosquillas. Toma un par de bocadillos.

Puse dos con jamón en el microondas. El plan era regresar a la parada de autobús para ir a la estación de trenes. Después del viaje en tren sabía que Tyler podría llamarle a un amigo desde un teléfono público y yo podría telefonear a Michelle o a alguien. Entre los dos teníamos suficientes contactos para encontrar quién pudiera ir a recogernos sin que tuviéramos que llamar a mis padres. Pero ninguno de los dos abrió la boca. Confiaba en Tyler. Hasta el momento no me había decepcionado.

Pusimos nuestro botín en el mostrador a un lado de la caja y la puerta de la tienda se abrió. En el gran espejo encima de la caja vi cómo entraron dos tipos. Sus figuras se estiraban en el reflejo. Se fueron distorsionando y torciendo como en la casa de risa de una feria. Por su constitución física sabía que eran hombres. Por un segundo contuve el aliento porque un atisbo de esperanza volvió a asomarse.

Me volteé lentamente para verlos mejor. Ambos llevaban sudadera negra. El que no llevaba puesta la capucha tenía el cabello café y más o menos la talla de Micah. Me vio directamente y yo no pude ocultar mi decepción. Él no bajó la vista, se siguió mirando a lo lejos, y yo me volteé de vuelta. Dejé salir el aire lentamente.

—¿Estás bien? —preguntó Tyler.

—Sí. Sólo estoy cansada.

Me pregunté si siempre sería así: si cada vez que escuchara abrirse una puerta voltearía a mirar con esperanza y temor; si siempre sentiría que se me hundía el corazón en el pecho cuando no fuera él. Me pregunté si llegaría el día en que el sonido de una puerta al abrirse sería sólo ruido. ¿Eso era lo que significaba seguir adelante?

Tyler le dio al cajero su tarjeta de crédito. Gracias al cielo por eso. Él sonrió e iba a decir algo pero yo lo dije primero.

—Ya sé. Las ventajas de ser hijo único.

Sujeté la bolsa con nuestro "desayuno". Nos salimos al sol de la mañana. Me detuve. Cerré los ojos y levanté el rostro hacia el sol. Todo mi cuerpo se llenó de calor.

—¿Lo sientes? —le pregunté a Tyler.

—¿Qué? —él se había quedado bajo la sombra del letrero de la tienda.

—Mira —lo jalé cerca para que estuviera en el mismo lugar que yo. Se quedó quieto, en silencio. Con él tan cerca sentí un calor adicional.

En los despachadores de la gasolina, una conductora estaba parada junto a su camioneta azul hablando por su teléfono. Había otro auto solitario junto al despachador. Sólo alcanzaba a verlo por detrás porque el despachador lo ocultaba. Era un auto cualquiera, quizás un Honda o Toyota. El sol se reflejó como una chispa en la defensa.

Me llenó una sensación extraña. Quería verlo mejor. Me acerqué con cuidado. En efecto: era un Honda Civic y tenía una abolladura en la defensa trasera. La misma que había estado allí cuando lo compré. Sabía que, de mirar, encontraría otra abolladura del lado izquierdo. Ésa apareció en un estacionamiento de supermercado. El culpable había dejado una nota de disculpa. Miré alrededor para saber si alguien me observaba y luego recordé a los tipos en la tienda y me asusté. Un muro de ladrillo bajo separaba las mangueras de agua y aire de los despachadores de gasolina. Corrí y me oculté detrás de él.

—¿Estás loca? —me preguntó Tyler corriendo en pos de mí. Al agacharse por poco tira su café.

—¡Es mi auto! —le dije con los ojos bien abiertos de la impresión.

—¿Cómo? —Tyler miró al auto—. ¿Estás segura?

—Claro que estoy segura.

Tyler volvió a mirar.

—Pues sí se parece.

—*Sé* que lo es —las palabras salieron un poco más cortantes de lo que hubiera querido.

—Okey. Es tu auto —miró hacia la tienda—. Seguro lo robaron esos tipos que entraron en la tienda.

—¿Qué vamos a hacer? —pregunté.

—Déjame pensar...

—Tenemos que llamar a la policía o algo.

—No hay tiempo —negó con la cabeza.

—Allá está un teléfono de monedas —le dije señalando la cabina negra junto a la entrada a la tienda.

—Para cuando nos comuniquemos con la policía, tu auto habrá desaparecido.

Miré hacia la tienda. Sólo podía ver a uno de los hombres. Estaba frente a las puertas del refrigerador. De pronto me acordé de algo:

—O podríamos usar esto —escarbé en mi mochila y saqué las llaves. Tyler me miró sorprendido.

—¿La llave?

Asentí. Él sonrió ampliamente.

—Y, ¿qué tal si tienen una pistola o un cuchillo o algo? —pregunté.

—Mira. Ésta tal vez sea nuestra única oportunidad. Yo me arrastraré hasta el auto y lo echaré a andar. Tú encamínate al cruce. Te recojo en el semáforo y salimos disparados de aquí.

—¿Y si te pescan?

—No lo harán —sonaba demasiado confiado.

—Creo que yo debería hacerlo —dije.

—¡Olvídalo!, es demasiado peligroso.

Quería ponerle los ojos en blanco a Tyler, pero él sólo trataba de protegerme.

—Tiene su truco. A veces tienes que mover la llave un poco para que arranque. Yo sé cómo hacerlo. Tú nunca lo has conducido.

Me puso los ojos de rendija como decidiendo si debería hacerme caso o no.

—Si no puedes arrancarlo de inmediato, huye.

—De acuerdo. ¿Todavía los ves?

Tyler volvió a asomarse a la tienda.

—Sí. Están en la caja. Dame eso.

Sujetó mi mochila y la bolsa de comida.

—Si vas a hacerlo, hazlo ya. Te veo en la esquina.

Se levantó y caminó rápidamente a la calle. Yo me acerqué despacio y con cuidado hasta mi auto manteniéndome cerca del asfalto. Sentía los latidos de mi corazón en los oídos. Me negué a mirar hacia la tienda. Era mejor si no veía lo que se acercaba.

Cuando llegué del lado del conductor toqué la manija y jalé. Sería imposible abrir la portezuela desde mi posición en el suelo. Tenía que pararme. Me helé, literalmente paralizada del miedo. No podía moverme. Era el momento en que podrían verme. Una voz dentro de mi cabeza gritaba que me moviera, pero me quedé quieta.

Traté de concentrarme. *Uno, dos, tres...* conté. *Por favor, Dios.*

Por la ventana me di cuenta de que habían limpiado el auto muy bien por dentro. Habían sacado todas mis cosas del asiento trasero. *Cuatro, cinco.* Ahora lo único que había era una cajetilla de cigarros adelante, del lado del copiloto. *Seis. Por favor, Dios. Siete.* Sentí que mi cuerpo comenzaba a relajarse. Me puse de pie. Mi mano jaló la palanca y abrí la puerta. Me metí.

Algo andaba mal. El asiento estaba mucho más atrás de como yo lo usaba normalmente. Me sentí ultrajada, pero no tenía tiempo. Metí la llave en la marcha. La agité hacia la derecha, luego a la izquierda y luego a la derecha otra vez. El motor encendió.

Se abrió la puerta de la tienda y vi a los hombres caminar hacia mí. Perdí los estribos. Pisé el acelerador a fondo, me las jugaría a todas. Las llantas rechinaron y detrás de mí se escuchó un pequeño estruendo. Había olvidado retirar el despachador de gasolina.

La otra mujer junto al despachador gritó. Los hombres comenzaron a correr hacia mí. Los esquivé y el auto chocó contra el suelo cuando llegué a la calle.

—¡Perdón! —le grité al auto.

Tyler agitó su mano desde la esquina. Me orillé y pisé el freno a fondo. Tan pronto como entró Tyler al auto volví a acelerar. Cerró la portezuela. Yo no sabía qué tan cerca estaban los tipos detrás de mí, pero no quería arriesgarme.

El semáforo acababa de ponerse en rojo pero pasé de largo. Por el rabillo del ojo vi un letrero que decía vuelta a la derecha para subir por la rampa a la autopista y yo la tomé como alma que lleva el diablo.

—¡Caray, Rach! ¡Bájale ya! —me gritó Tyler.

Un auto sonó el claxon porque casi lo rocé por un lado. Todavía no dominaba la entrada y salida de la autopista.

—¡Ya, ya, ya! Ya me voy a calmar. Pero mis manos sujetaban el volante tan duro que tenía los nudillos blancos.

—Nos vas a matar antes que ellos —gritó Tyler, aunque no sonaba molesto. Soltó la carcajada.

—Estás loca. Ibas tan rápido que pensé que te subirías a la acera y me llevarías por delante. Tuve que tirar el café. Te hubieras visto el rostro.

Hizo una mueca de maniático, según él imitándome.

—¿Ah, sí? ¡Pues, tú no te veías muy calmado que digamos!

Tyler volvió a hacer la mueca y yo empecé a reír. Al principio una risa ligera, como tratando de sacar la tensión nerviosa, pero las carcajadas se hicieron más fuertes cuando me puse a pensar en la locura de que hubiera robado mi propio auto. Me reí al pensar en lo que han de haber sentido los tipos esos en la gasolinera. Seguro estaban frenéticos.

Seguí riendo a fondo y todo mi cuerpo temblaba. Me incliné sobre el volante y comenzó a dolerme el estómago, pero yo no podía dejar de reír. Me empezaron a salir lágrimas por las orillas de los ojos.

—Ya cállate —dije, como si fuera culpa de Tyler. Él siguió riéndose conmigo. La risa nos hizo mucho bien.

De niños, Micah y yo jugábamos a hacer tonterías para hacernos reír uno al otro. Yo casi siempre perdía, porque a Micah no le costaba trabajo irse al extremo. Sujetaba un popote y hacía que le saliera leche por la nariz. De repente hacía un montón de ruidos locos y asquerosos con su cuerpo. A veces se levantaba a hacer un baile ridículo, agitaba el trasero mientras hacía una mueca estrafalaria hasta que los dos nos tirábamos al piso de la risa.

Me limpié las lágrimas con la mano y traté de concentrarme en el camino delante de mí. A Tyler se le fue apagando la risa. Entre nosotros se asentó el silencio, como un breve estado de gracia.

—Te ríes igual que tu hermano —dijo Tyler.

—Lo sé —dije y sonreí.

Veintisiete

Aunque nos topamos con bastante tránsito delante de nosotros, en poco más de una hora llegamos al estacionamiento donde había iniciado nuestro viaje. Allí esperaba la camioneta de Tyler. Me estacioné a un lado y detuve la marcha.

—Gracias por acompañarme —le dije.

—De nada —se quedó en su lugar mirando por el parabrisas.

—Perdón por todo el drama. No contaba con eso.

—Bueno, pero con eso la cosa se puso más interesante... —él se rio.

Tyler no hizo movimiento alguno para salir del auto.

—Rachel, tengo que decirte algo.

Pronunció las palabras en el tono que usa la gente a punto de decirte que acaba de atropellar a tu perro.

—Dime —traté de sonar casual.

—Es algo que no te dije en la iglesia —siguió mirando al frente—. La verdad es que me convino de cierta manera que Micah desapareciera.

Lo miré sorprendida. Él me miró a su vez.

—Si Micah no se hubiera ido, tú no me habrías llamado y no estaríamos aquí hoy —y aquí apresuró sus palabras—. Quería una oportunidad para estar a solas contigo.

No me lo esperaba.

—Pero, si apenas me conoces.

—Te conozco desde siempre, desde el quinto grado.

—Sí, pero...

—Te conozco —dijo tranquilamente.

—¿Por qué nunca dijiste nada?

—Eres la hermanita de Micah. ¿Tienes alguna idea de cuánta lata me daría por eso? Se rio un poco al decirlo.

—Seguramente bastante.

De pronto en el auto se sintió mucho calor bajo el sol, así que abrí mi portezuela y me salí. Me recargué contra el frente y cerré los ojos. La puerta de Tyler se abrió y cerró. Él fue a pararse junto a mí.

—¿Qué piensas? —preguntó.

Le damos demasiada importancia a pensar, me dije. No quería reconocerlo, pero me daba miedo que la cosa con Tyler siguiera su curso. Me daba miedo volver a salir lastimada.

—Debería llamarle a mamá —dije—. Va a querer saber qué planes tengo.

—Ah —su voz se escuchó abatida—. Sí, deberías hablarle.

Me sentí mal. No quería actuar como si no le diera importancia a lo que él acababa de decirme. Una demostración tan sincera merecía al menos una respuesta igual.

—Mira… es sólo un poco extraño. Micah…

—Micah —dijo él.

Nos quedamos callados unos momentos recargados contra mi auto.

—Bueno, al menos tuviste tu milagro hoy.

—¿Cuál? —pregunté.

—Recuperaste tu auto.

Tenía razón. Yo no lo había pensado de esa manera.

—Oye, pues tú nunca me platicaste cuál fue tu milagro —lo miré a los ojos juguetona, esperando que él viera que yo tenía interés.

En lugar de contestar, se puso las gafas de sol y dijo:

—Quizás otro día. Nos vemos —y se encaminó a su camioneta.

Él abría la puerta del conductor cuando decidí dar el paso para convertirme en una persona más auténtica.

—Tyler —él volteó—. Pude haberle pedido a cualquier persona que me acompañara. Te lo pedí a ti.

Sonrió.

—¿Te llamo después?

Asentí y él bajó la cabeza para acomodarse en la cabina de su camioneta. Salió del estacionamiento y yo saqué mi teléfono. Milagrosamente, todo en la guantera había quedado intacto. Vi que tenía como diez mensajes de Michelle. Ella podía esperar un poco más. Marqué un número.

—¿Mamá? —dije cuando contestó.

—Hola Rachel —su voz se oía cansada— ¿La pasaste bien?

—Sí. Sólo quería avisarte que ya voy para la casa.

Colgué y puse en marcha el motor.

Esa noche, después de pasar como una hora hablando por teléfono con Michelle dándole todos los detalles de la Operación San Diego (así la llamaba ahora), decidí mandarle un correo electrónico a Micah. Dudaba que lo fuera a recibir, pero no podía evitarlo. Los cierres son mi debilidad.

Querido Micah:

Tyler y yo te fuimos a buscar ayer a la playa que tanto te gusta. Encontré pedacitos de ti en la gente que conocimos, y creo que por un tiempo así se quedarán las cosas. Esos pedacitos me encontrarán hasta que tú, entero, estés listo para regresar a casa.

Gracias por defenderme contra Keith. Finn me lo platicó. En lo que valga, creo que ella realmente te ama.

Quiero que sepas que ya no iré a buscarte. Tampoco escribiré más. Éste será mi último correo. Te estoy soltando.

Con amor,

Rachel

Oprimí "Enviar" y liberé el correo, como si fuera una oración, al ciberespacio. En la mesa junto a mi cama estaba la libreta donde guardaba la foto de Micah. La abrí a la fecha de ayer y taché casi todo lo que había en mi lista. Me detuve un momento donde decía *Encontrar a Micah*. Pero terminé por tachar eso también y anoté la fecha de mañana en una página en blanco.

Tomé la foto de Micah y la puse en un marco pequeño donde tenía una foto cómica de mis amigos y yo. Cupo perfecto.

Sonó mi teléfono. Era un mensaje de Tyler.

Descansa.

Sonreí. Si algo me había sorprendido en este viaje había sido Tyler.

Descansa, respondí.

Me metí bajo las mantas. Por mi ventana descubierta entraba la pálida luz de la luna que iluminaba un par de marcas sucias en el vidrio como si éste fuera un cristal emplomado. Apenas se veían pero ahí estaban las iniciales de Micah, *MS*. Un poco debajo de las suyas estaban las mías también, justo en su lugar.

Agradecimientos

Ninguna obra de arte vive y respira sin que intervengan muchas manos para darle forma y es por ellas que me siento profundamente agradecida.

Gracias a mi superagente Kerry Sparks, quien le vio potencial a este libro y le dio el sí. De no haber sido por ti se hubiera quedado guardado en una solitaria memoria USB.

Gracias al equipo de Simon Pulse quienes me dieron la bienvenida y creyeron en mí. A Emilia Rhodes, cuyas entusiastas notas iniciales me lanzaron en este viaje, gracias. También agradezco a mi maravillosa editora, Annette Pollert, cuya guía y cariño por este relato consiguieron mejorarlo más de lo que yo hubiera logrado sola.

Gracias a mis amigos y familia por su apoyo. Michelle Dokolas fue con quien compartí la noticia primero. Tu aliento y críticas fueron como agua fresca. Ted y Judy Lawler, mis padres, me enseñaron a seguir sueños grandes, imposibles, inspirados por Dios, y a hacerlos posibles.

Por último, gracias a mi esposo David. Tú haces realidad mis sueños. Éste es tan tuyo como mío. Gracias, amor.

Aiden, Matisse y Judah, aquí tienen la prueba de que los sueños se hacen realidad.

Esta obra se imprimió y encuadernó
en el mes de agosto de 2015,
en los talleres de Limpergraf S.L.
que se localizan en la
calle Mogoda, 29
08210, Barberà del Vallès
Barcelona (España)